August Eduard Martin, Carl Ruge

Ueber das Verhalten von Harn und Nieren der Neugeborenen

Antigonos

August Eduard Martin, Carl Ruge

Ueber das Verhalten von Harn und Nieren der Neugeborenen

Unveränderter Nachdruck der Originalausgabe von 1875.

1. Auflage 2024 | ISBN: 978-3-38635-133-1

Antigonos Verlag ist ein Imprint der Outlook Verlagsgesellschaft mbH.

Verlag: Outlook Verlag GmbH, Zeilweg 44, 60439 Frankfurt, Deutschland, info@outlook-verlag.de
Vertretungsberechtigt: E. Roepke, Zeilweg 44, 60439 Frankfurt, Deutschland
Druck: Libri Plureos GmbH, Friedensallee 273, 22763 Hamburg, Deutschland

Ueber das

Verhalten von Harn und Nieren

der

Neugeborenen.

Von

A. Martin und C. Ruge,

Assistenten der geburtshülflich-gynäkologischen Klinik zu Berlin.

Mit 2 lithographirten Tafeln.

Stuttgart.

Verlag von Ferdinand Enke.

1875.

Druck von Hammer & Lieblich in Stuttgart.

Dem Geheimen Medicinalrath und Professor

Herrn Dr. E. Martin

widmen diese Arbeit in Dankbarkeit

die Verfasser.

Um diese Arbeit auch anderen Kreisen als denen, welchen
Zeitschrift für Geburtskunde und Frauenkrankheiten zugänglich
vorzulegen, haben wir ihren Abdruck in dieser Form veranlasst:
hoffen, dass sie einer wohlwollenden Aufnahme begegne.

Einzelne Abschnitte haben wir im Verlauf dieses Frühjahrs der
äkologischen Gesellschaft zu Berlin vorgetragen, eine kurze Mit-
ilung über den ersten Theil findet sich in Nr. 24. des Jahrganges
75 des Centralblattes für die medicinischen Wissenschaften und im
I. Bande des Jahrganges 1875 der Verhandlungen der deutschen
emischen Gesellschaft.

der in der Berliner geburtshülflichen Universitätsklinik und Poliklinik gestorbenen Kinder haben wir geglaubt, für die richtige Würdigung dieser
Obductionsergebnisse die geeignete Unterlage zu gewinnen in einer möglichst
exacten Untersuchung des Harns während der ersten zehn Lebenstage, d. h.
so lange als die Neugebornen unserer Beobachtung zugänglich sind.

I. Physiologie des Harns der Neugeborenen.

Ehe wir diese Untersuchungen unternahmen, galt es zunächst festzustellen, ob es uns gelingen werde, in einer für die Kinder unschädlichen
Weise den Harn aufzufangen. Nach vielfältigen Versuchen, die wir mit
gütiger Erlaubniss des Directors dieser Anstalt, des Herrn Geheimen Me-
dicinalraths E. Martin, angestellt, fanden wir geeignete Recipienten in
feinen Goldschläger-Hautblasen, welche mittelst weicher Gummiringe um
Scrotum und Penis befestigt wurden. Wir hatten vorher durch eingehende
Versuche mittelst destillirten Wassers von Körpertemperatur festgestellt,
welchen Einfluss diese Blasen auf ihr Contentum ausüben: wir fanden dasselbe constant durch eine emulsionähnliche Beimischung einer öligen Substanz getrübt, sein specifisches Gewicht um 0.002 vergrössert, dagegen seine
Reaction unverändert und keinerlei anderweitige Verunreinigung. Wir haben
deshalb die Trübung und die specifische Gewichtserhöhung einfach in Ab-
rechnung gebracht und die so aufgefangenen Urinmengen um so eher verwerthen zu dürfen geglaubt, als Vergleichungen der durch ihre Analyse
gewonnenen Befunde mit denen der unmittelbar in reine Schalen aufgefangenen
Urine anderweite Differenzen nicht erkennen liessen. Aber diese Thierblasen
waren zunächst auch nur Nothbehelfe, denn bald genug konnten wir die
nach eigenen Angaben gefertigten Gummiblasen in Anwendung ziehen,
welche ebenfalls Penis und Scrotum umschlossen. Auch dabei hatten wir
vorher den Einfluss des Materials auf den Inhalt geprüft und diesen ganz
unverändert befunden.

Es ist klar, dass auf diese Weise nur der Harn von Knaben zur Untersuchung kam; allein in einzelnen vergleichenden Untersuchungen konnten
wir Differenzen gegenüber dem von Mädchen desselben Alters nicht feststellen, und so sind wir der Ansicht, dass unsere Untersuchungen überhaupt
für den Harn der Neugebornen gelten. Wir haben durch diese Recipienten
in vielen Fällen die entleerten Harnmengen während der ersten zehn Tage
vollständig aufgefangen und waren gegen die vielfachen Verunreinigungen
gesichert, deren sonst so schwer zu meidende Beigabe andere Autoren
sehr störend fanden.

Sofort nach der Geburt wurde der Harnausscheidung eine ganz besondere Aufmerksamkeit gewidmet, reine Schalen waren zur Hand um etwaige

Ausleerungen sofort aufzunehmen, wenn solche erfolgten vor der sofort nach dem ersten Bade vorgenommenen Anlegung der Blasen. Diese mussten stets Scrotum und Penis umfassen: dann belästigten sie die Kinder augenscheinlich nur wenig und nur einzelne, überhaupt sehr unruhige Knaben haben sie trotz einer geeigneten Anlegung der Windeln wiederholentlich abgestrampelt. Der Urin wurde durchschnittlich $\frac{1}{4}$ Stunde nach der Ausscheidung zur Untersuchung gebracht, indem die betreffende Modification in der Bekleidung die stattgehabte Entleerung meist sofort constatiren liess, eine Beobachtung, für welche die Mütter sich bald lebhaft interessirten. Jede entleerte Harnmenge wurde sodann einzeln aufgefangen, auf Farbe, specifisches Gewicht, Reaction geprüft, dann filtrirt, durch Salpetersäurezusatz angesäuert und gekocht, andere Mengen mittelst Argentum nitricum geprüft. Nach durchschnittlich 3—12 Stunden wurde der bis dahin verschlossen gehaltene Urin einer mikroskopischen Untersuchung unterzogen. Zur quantitativen Analyse wurden die einzelnen Harnmengen sodann Herrn Dr. Rud. Biedermann[1]) übergeben, der die quantitativen Bestimmungen auf unsere Bitte vorgenommen hat, und dessen Untersuchungen an den betreffenden Stellen dieser Arbeit zu Grunde gelegt sind. Der Gang seiner Untersuchungen war folgender: „Der Harn wurde zunächst nochmals auf Farbe, Reaction und Albumingehalt geprüft. Wenn viel Sedimente abgeschieden waren und Albumin mehr als spurweise vorhanden war, so wurden diese Körper zu ihrer näheren Bestimmung zunächst durch Filtration von der Flüssigkeit getrennt. Nur sauer reagirender Harn wurde weiter untersucht. Zu Wasserbestimmungen wurden 15—30 Gramm in einer gewogenen Schale im Wasserbade eingedampft, dann bei 100° getrocknet gewogen, wiederum getrocknet gewogen u. s. w, bis zwei Wägungen dasselbe Resultat ergaben. Zu Aschenbestimmungen wurde die Schale mit dem Trockenrückstand längere Zeit im Luftstrom erhitzt bis alle Kohle verbrannt war. Aus dem Gewicht wurden sodann die Mineralbestandtheile gefunden. Zur Chlorbestimmung wurde zu dem Trockenrückstand in der Schale etwas Salpeter gefügt und durch Erhitzen alles Organische rasch verbrannt. Der Rückstand wurde mit heissem Wasser ausgelaugt und in der Lösung das Chlor mittelst titrirter Silbernitratlösungen nach Mohr volumetrisch bestimmt. Die Phosphorsäure konnte wegen der geringen Quantitäten nur selten mit Genauigkeit bestimmt werden; es wurde dazu eine titrirte Lösung von essigsaurem Uran nach Neubauer benutzt. Der Harnstoff wurde volumetrisch durch eine titrirte Lösung von salpetersaurem Quecksilberoxyd nach Liebig bestimmt. 1 Cm. der Mercurinitratlösung entsprach 1 Mgr. Harnstoff; und obgleich diese Lösung 10mal so verdünnt ist, als Liebig es vorschreibt, war die Endreaction mit vollkommener Deutlichkeit wahr-

---

[1]) Vergl. dessen Mittheilung in den Berichten der deutschen chemischen Gesellschaft. Bd. IX. 1875.

zunehmen. 5 Cm. Harn reichten in der Regel aus, häufig wurden von demselben Harn zwei Proben gemacht, deren Resultate stets unter einander übereinstimmten. Der Titre der Mercurinitratlösung wurde öfter durch Normal-Harnstofflösungen controlirt. Die Correctur, die aus dem Kochsalzgehalt des Harns sich ergiebt, ist bei den angegebenen Zahlen wegen ihrer geringen Grösse vernachlässigt worden. Diese Liebig'sche Methode wurde der in letzter Zeit vielfach angewandten Hüfner'schen vorgezogen, da es sich nach der Liebig'schen bei einiger Uebung leichter arbeiten lässt, zumal wenn man eine grössere Reihe von Versuchen vorzunehmen hat und im Laufe der Untersuchungen den ungefähren Gehalt der Flüssigkeit kennen gelernt hat. Der Vorwurf der Ungenauigkeit, den man dieser Methode gemacht hat, ist zurückzuweisen, da bei einiger Aufmerksamkeit der Endpunkt der Reaction scharf zu beobachten ist. Die von Plehn[1]) angegebene Modification der Hüfner'schen Methode wurde nicht in Anwendung gezogen, so sehr dieselbe durch ihre Einfachheit besticht, weil zu wenig vergleichende Versuche zur Hand waren zur unzweifelhaften Sicherstellung ihres Werthes. Zur quantitativen Harnsäurebestimmung nach den bisher üblichen Methoden erschienen die verfügbaren Harnmengen zu gering. Nur in einzelnen Fällen ist die Harnsäure zu bestimmen gewesen. Wir haben deshalb zur Ergänzung in einer Reihe von Fällen den Gesammtstickstoffgehalt festgestellt, von diesem die in dem bestimmten Harnstoff enthaltene Stickstoffmenge subtrahirt und unter Vernachlässigung der nach Ausfällung des Albumens nur spurweise noch nachweisbaren anderweitigen stickstoffhaltigen Bestandtheile den Rest des Gesammtstickstoffs auf Harnsäure berechnet."

Die zu diesen Untersuchungen benutzten 24 Kinder waren äusserlich wohlgebildet, 16 waren am normalen Schwangerschaftsende geboren, 8 im neunten Monat, darunter 1 Zwillingspaar. Von den 23 Müttern waren 15 primiparae, 8 multiparae. Die Geburt erfolgte 19 Mal in normaler Weise, 5 Mal dauerte sie mehr als 24 Stunden, schwankend zwischen 25 und 53 Stunden. Daran trug die Schuld 4 Mal eine mangelhafte Wehenthätigkeit, in dem 5. Falle war eine Ursache der Geburtsverzögerung nicht erfindlich. 23 Geburten verliefen spontan, bei der 24sten wurde wegen Vorfalls der Nabelschnur bei extramedianer Kopfeinstellung die Wendung gemacht. Der so geborne Knabe trug einen tiefen löffelförmigen Schädeleindruck davon auf dem vor dem Promontorium herabgeführten Scheitelbein; dessen ungeachtet entwickelte das Kind sich sehr gut und wurde am 11. Tage mit seiner Mutter gesund entlassen. 1 Kind wurde in der Glückshaube geboren. Ausser dem eben genannten Kinde zeigte noch ein Kind einer secundipara eine Druckspur vom Promontorium. Mit Ausnahme des einen wurden alle Kinder in Schädellage geboren und begannen nach der Ausstossung alsbald regelmässig zu respiriren.

---

[1]) Berichte der deutschen chemischen Gesellschaft. Bd. VIII. 1875.

Was nun den weiteren Verlauf des Wochenbetts der Mütter anbetrifft, so sei gleich hier constatirt; dass dieselben nur ganz unbedeutende Befindensschwankungen zeigten; sie wurden alle gesund entlassen, 4 am 9ten Tage, 18 am 10. Tage, 1 am 11. Tage. Nur 3 zeigten vorübergehend Temperatursteigerungen ohne andere nachweisbare Beschwerden, als solche im Zusammenhange mit dem Verhalten der Brüste. Eine zeigte eine Temperatursteigerung bis zu 40. 3⁰ am 3. Tage, nachdem am Tage vorher schon über Spannung in den Brüsten geklagt worden war. Eine zweite zeigte Temperatursteigerungen bis zu 39. 4⁰ am 5. Tage, dann, ebenso wie die vorige normale Temperaturen; am 7. Tage waren die bislang nur gerötheten Warzen wund. Die dritte fieberte am 6. und 7. Tage, nachdem schon 2 Tage vorher die Brüste in Folge ungenügender Ausleerung der prall gefüllten Milchgänge spannende Schmerzen bereitet hatten. Die Kinder verhielten sich dabei anscheinend wohl; das Kind der ersten der genannten Wöchnerinnen entleerte am 2. Tag über die Durchschnittsharnmenge und wurde am 6. Tage icterisch, das Kind der zweiten entleerte am 3., 5., 6. und 10. Tag über die Durchschnittsmenge. Die Warzen waren durchgesogen ohne Rückwirkung auf das Allgemeinbefinden bei noch 4 anderen Wöchnerinnen; bei einer vom 3. Tage an (das Kind entleerte dabei in den ersten 5 Tagen etwas mehr als die Durchschnittsmenge, bei guter Gesundheit), bei einer andern waren die Warzen vom 2. Tage an wund ohne ihr weitere Beschwerden zu veranlassen (das Kind zeigte am 6. Tage grünliche Ausleerungen); die Kinder der beiden anderen unter den 4 genannten waren wohl, das Wundsein bestand bei der einen am 3. und 4. Tage, bei der anderen am 4. bis 6. Tage. Die Kinder erhielten alle während ihres Aufenthaltes in der Anstalt die Brust, nur ganz vereinzelt wurden ihnen geringe Mengen von Nestlé'schem Kindermehl gereicht (den beiden Zwillingen und einem anderen Kinde, bei welchen die Säugung anfänglich Schwierigkeiten machte). Von den 24 Kindern blieben:

10	Tage	lang	in der	Beobachtung		8
9	„	„	„	„	„	4
8	„	„	„	„	„	4
7	„	„	„	„	„	1
6	„	„	„	„	„	1
3	„	„	„	„	„	2
2	„	„	„	„	„	2
1	„	„	„	„	„	2
						24.

In den einzelnen Fällen wurden die Beobachtungen unterbrochen theils dadurch, dass die Kinder zur Pflege den Angehörigen überliefert wurden, theils durch äussere unabwendbare Umstände. Die Kinder befanden sich äusserlich mit 4 Ausnahmen durchaus wohl; 2 davon sind in der Anstalt gestorben, das eine wurde am 2. Tage von der Mutter im Schlaf erstickt, das andere collabirte bald nach der Geburt und starb unter erheblichen Temperatursteigerungen nach lange anhaltender Agone an einem Magen-Darmcatarrh. Die Untersuchungen des Harns dieses Kindes sind weiter unten nur so lange benutzt worden, als das Kind krankhafte Symptome nicht darbot.

Die Darmausleerung war bei allen Kindern auffallend copiös und bestand in den ersten 2—3 Tagen entweder aus reinem Meconium oder war schon mit gelblichen Fäcalmassen untermischt. 4 Kinder zeigten im weiteren Verlaufe geringe Digestionsstörungen, denen indess nur das eine oben erwähnte erlag, die anderen zeigten während der jedesmal nur ein-tägigen Entleerung grüner Massen am 5., resp. 6. und 9. Tage keine Schwankungen der Temperatur und der Harnausscheidung. Nur 3 der Kinder haben während der Beobachtungszeit deutlich ausgesprochenen Icterus gezeigt, und zwar 2 am 5., 1 am 6. Tage. Die Hautfärbung war nur mässig intensiv, die Harnausscheidung erschien zu dieser Zeit ebenso wenig gestört, wie ihre Digestion, obwohl bei zweien die Temperatur, aller-dings nur für 1—2 Tage, über 39° stieg. Gallenfarbstoffe waren zu dieser Zeit im Harn nicht nachweisbar, die gelbe Färbung der Haut verschwand bei allen dreien bis zum 3. Tage vollständig. Die regelmässig aufgezeich-neten Temperaturcurven zeigten den bekannten gegenüber nichts Abweichen-des, das an dieser Stelle der Erwähnung werth wäre.

I. Kapitel.

Zeit und Häufigkeit der Ausleerungen.

Entgegen der ziemlich allgemein herrschenden Annahme, dass die Kinder stets unmittelbar post partum Urin entleeren, fanden wir die augen-scheinlich wenig bekannte Angabe von Richard[1]), dass die erste Harn-ausscheidung sich sehr häufig lange verzögere, durchaus bestätigt. Von den 24 Kindern entleerten nämlich nur 3 unmittelbar post partum ihre Blase. Alle drei waren leicht geboren nach kurzer Geburtsdauer. Von den übrigen 21, deren erste Urine also mittelst der oben beschriebenen Blasen aufgefangen wurden, trat die erste Urinentleerung ein:

13mal innerhalb der ersten 24 Stunden
    (3mal zwischen der 5. und 10. Stunde,
    5mal   „   „ 15. „ 20.   „
    5mal   „   „ 20. „ 24.   „),

---

[1]) Traité pratique des maladies des enfants. 1839. Schmidt's Jahrbücher Suppl. 3, S. 425.

5mal innerhalb der ersten 25 bis 30 Stunde,

1mal 41 Stunden nach der Geburt,

1mal 53   „   „   „   „

1 Knabe entleerte am Ende des ersten Tages die Blase zweimal kurz hintereinander, um erst nach mehr als 48 Stunden wieder eine bestimmbare Menge auszuleeren.

21.

Die folgende Tabelle zeigt die Zahl der täglichen Ausleerungen:

Tabelle I.

Tag	Von in Summa ?Kindern	Gar nicht	1mal	2mal	3mal	4mal	5mal
I.	24	8	14	1	1	—	—
II.	22	3	12	6	1	—	--
III.	21	—	8	9	4	—	--
IV.	19	4	5	5	4	1	—
V.	17	—	9	6	2	—	—
VI.	16	—	5	10	—	1	—
VII.	16	—	5	7	3	1	—
VIII.	17	—	6	7	3	1	—
IX.	14	—	8	3	3	—	—
X.	7	—	2	4	—	—	1

Demnach entleert also am 1. Tage ein Drittheil der Kinder überhaupt keinen Urin und von den übrigen nur der achte Theil mehr als 1mal. Auch in den späteren Tagen sehen wir eine auffallend grosse Anzahl von Kindern nur 1mal die Blase entleeren. Diese sehr bemerkenswerthe Thatsache müssen wir als durchaus sicher constatirt mittheilen, denn es sind auf Tab. I. auch die nicht aufgefangenen, an den durchnässten Windeln erkannten Entleerungen, deren Zahl übrigens eine verschwindend kleine war, mit verzeichnet. Unter den 24 Kindern haben also 16, d. h. 67 %, am 1. Tage urinirt, davon 10 Kinder, also 62 %, erst in der zweiten Hälfte des 1. Tages; 7 Kinder, d. h. also 32 %, urinirten erst im Verlauf des 2. Tages, ja das eine, nach Ausleerung nur weniger Tropfen am Abend des 1. Tages, erst am Abend des dritten. Scheiden wir aus unserer Berechnung die 5 Kinder aus, welche unter Wehenanomalien oder Kunsthilfe geboren sind, so sehen wir 11 Kinder, welche zwischen 2100 und 3000 Gr. wogen, in durchschnittlich 9 Stunden geboren werden (6 von primiparen in durchschnittlich 12 Stunden, 5 von multiparen in durchschnittlich 7½ Stunden). Von diesen 11 Kindern urinirten 8, d. h. 73 %, am 1. Tage und zwar durchschnittlich in der 12. Lebensstunde, die übrigen 3 entleerten ihre Blase zum ersten Male im Verlaufe des 2. Tages.

Die übrigen 8 mehr als 3000 Gr. schweren Knaben wurden in durchschnittlich 11 Stunden geboren (5 von primiparen in 12 Stunden und 3 von multiparen in 10 Stunden). Von diesen haben 7 oder 87 °/₀ am 1. Tage urinirt, und zwar durchschnittlich in der 11. Lebensstunde, das 8. Kind am Anfang des 2. Tages. Unter den oben ausgeschiedenen 5 Kindern hatten die 4 nach Wehenanomalien gebornen ein Durchschnittsgewicht von 3530 Grm. Bei ihnen erfolgten die ersten Ausscheidungen durchschnittlich in der 31. Lebensstunde. Das eine (fünfte) mittelst Wendung zu Tage beförderte Kind wog 3000 Grm. und entleerte seine Blase zuerst in der 27. Lebensstunde.

Diese erste Ausleerung ist von Dohrn in seiner oben erwähnten Untersuchung[1]) des unmittelbar post partum mittelst des Katheters entnommenen Urins besprochen worden, nachdem schon Schwarz in seiner Arbeit über die vorzeitigen Athembewegungen zu dem Schlusse gekommen war, dass die meisten lebend gebornen Kinder mit harnhaltiger Blase zur Welt kommen. Schwarz und Dohrn fassen die von ihnen angenommene Harnentleerung intra partum, resp. das Leersein der Blase unmittelbar post partum, auf als ein erstes Zeichen der unter dem Geburtseinfluss entstehenden Asphyxie der Kinder. Gerade bei Knaben sollen nach Dohrn durch die Reizung der Genitalien während des Durchtritts des Unterbauches durch den Geburtskanal die Harnausleerungen noch besonders hervorgerufen werden. Nach unsern Untersuchungen können wir diese Schwarz-Dohrn'sche Ansicht nicht unbedingt gelten lassen; einestheils wegen der widersprechenden Befunde bei asphyktisch intra partum gestorbenen Kindern, welche wir weiter unten S. 307 mittheilen werden. Dann aber scheinen die Beobachtungen der lebend gebornen Kinder damit nicht übereinzustimmen.

Die hier in Frage kommenden 24 Kinder hatten eine durchschnittliche Geburtsdauer von $15^{1}/_{2}$ Stunden, wovon auf die II. Periode, in der doch wohl allein ein entsprechender Geburtseinfluss sich geltend macht, im Durchschnitt ca. $1^{1}/_{2}$ Stunde kommt. Bei 2 Kindern konnte diese Periode nicht exact beobachtet werden; von den übrigen 22 hatten 6 von plp. geborene eine II. Periode von $^{1}/_{2}$ Stunde, 16 von Ip. geborene eine solche von 1 Stunde 18 Minuten. Bei 3 plp. und 6 Ip. war der Geburtsverlauf über diese Durchschnittszeiten verlängert. Diese Kinder hatten ein Durchschnittsgewicht von 3425 Grm.; nur in 3 Fällen waren Krampfwehen die Ursache der Geburtsverzögerung, in den übrigen war eine besondere Ursache für die Verzögerung der II. Periode nicht erfindlich. Die 9 Kinder haben in durchschnittlich 21 Stunden pp. Urin entleert, und zwar durchschnittlich 9 Grm., also weniger als die (s. weiter unten) Durchschnittsmenge und nur 3 mehr als diese. Nach unserer Meinung lässt sich daraus ein bestimmter Schluss, ob diese Kinder in partu Urin entleert haben oder nicht, nicht ziehen; allerdings spricht der Umstand dafür, dass die 6 verhältnissmässig grossen Knaben am Ende des ersten Tages weniger als die Durchschnitts-

<hr>

[1]) a. a. O. S. 127.

menge ausschieden, die 3 andern entleerten dagegen soviel, dass bei der geringen Harnabsonderung an dem ersten Lebenstage nicht anzunehmen ist, es sei diese Menge erst während des kurzen Lebens ausserhalb des Mutterleibes ausgeschieden worden. Aus den weiter unten erwähnten Versuchen unseres Collegen Benicke geht im Gegensatz hierzu hervor, dass wenigstens in einer gewissen Anzahl von Fällen, selbst bei Krampfwehen und anderweit verzögerter II. Periode doch intra partum Urin nicht ausgeschieden worden ist, da in den Aquae secundae die im Kinderharn befindliche Salicylsäure, die vor und während der Geburt den Müttern eingegeben war, nicht nachgewiesen werden konnte, ebensowenig wie in dem Vorwasser.

Für die Praxis ist es gewiss in vielen Beziehungen nicht unwichtig, die so eigenthümlich verzögerte Entleerung der Blase der Neugeborenen zu kennen, da wie gesagt vielfach die Meinung verbreitet ist, es müssten die Kinder stets sofort nach der Geburt uriniren; es könnten durch diese Meinung nur zu leicht übereilte therapeutische Maassnahmen veranlasst werden. Ein vor Kurzem von uns beobachteter Fall liess uns die Kenntniss von der oft so langsam erfolgenden Ausscheidung des Harns hochschätzen, sie gab uns den Muth zuzuwarten und zunächst von einer eingreifenden Operation abzustehen. Es handelte sich um einen sonst wohl entwickelten Knaben, der in Steisslage wegen bedrohlicher Erschöpfung der primiparen Mutter hatte entwickelt werden müssen. Das Kind zeigte eine starke Hypospadie mit Atresie der Harnröhrenöffnung dicht am Scrotum. Da wir nun wussten, wie langsam der Urin der Neugebornen secernirt wird, versuchten wir erst nach 36 Stunden, als der Harn einen anderweiten Weg nach aussen nicht gefunden hatte, durch eine Incision an der unteren Seite des Penis die Harnröhre aufzusuchen. Die in die Wunde eingeführte Sonde gelangte in einen etwa $1^1/_2$ Zoll langen Kanal, ohne indess bis zur Blase selbst vorzudringen. Da wir von aussen bis jetzt noch keine Anfüllung der Blase nachweisen konnten, standen wir davon ab, durch weitere operative Eingriffe sofort die Blase zu entleeren. — Nach weiteren 18 Stunden entleerte sich eine mässige Menge Harns aus der Incisionswunde, während sich das Kind im Uebrigen durchaus wohl befand und, so lange es von uns beobachtet wurde, in befriedigender Weise gedieh.

II. Kapitel.

Die Menge des Harns.

Ueber die Menge des zuerst auf einmal ausgeschiedenen Harns sind die in der Literatur anzutreffenden Beobachtungen nur vereinzelt, welche augenscheinlich ihren eigenen Autoren unsicher erscheinen. Die so exacten Messungen Dohrn's sind zur Entscheidung dieser Frage nicht wohl verwerthbar, da es gewiss fraglich ist, ob nicht bis zur spontanen Entleerung noch weitere Harnmengen ausgeschieden worden wären. Dohrn fand übrigens durchschnittlich 7,5 Ccm. in der Blase der eben geborenen Kinder

Wir haben in 22 Fällen den ersten Urin auffangen können und daraus eine durchschnittliche Harnmenge für die erste Ausleerung gewonnen von 9,6 Ccm. Die geringste Menge, so weit dieselbe gemessen worden, entleerte das zweite Zwillingskind mit 1 Ccm. (Die eine der nicht genau bestimmten und also auch hier nicht mitgezählten ersten Ausleerungen musste ebenfalls auf wenige Tropfen geschätzt werden.) Die grösste Harnmenge entleerte das vollständig ausgetragene Kind einer Primiparen 17 Stunden nach $5^3/_4$ stündiger Geburtsdauer mit 28 Ccm. —

13 Kinder entleerten unter 8 Ccm. in ihrer ersten Ausleerung,
7 „ „ zwischen 10 und 17,5 Ccm.,
2 „ „ je 20 resp. 28 Ccm.
——————
22.

Die 13 Knaben, welche beim ersten Uriniren unter 8 Ccm. entleerten, zeigen in Bezug auf die Zeit dieser ersten Ausleerungen so erhebliche Differenzen, dass daraus weitere Schlüsse nicht gezogen werden können. 8 von ihnen entleerten diese geringen Mengen erst nach 20 Stunden, 2 nach 17 Stunden, ·3 zwischen 5 und $8^1/_2$ Stunden. Nur bei 2 dieser Knaben war der Geburtshergang durch eine unregelmässige Wehenthätigkeit auf 41 resp. 52 Stunden verzögert; beide Male bei Primiparen, die übrigen waren alle leicht geboren worden· mit Ausnahme des Wendungskindes, welches 27 Stunden alt 2,5 Ccm. entleerte. Unter den Knaben, welche zwischen 10,5 und 17,5 Ccm. entleerten, verliefen die Geburten innerhalb von in maximo 28 Stunden; 2 dieser Knaben urinirten sofort nach ihrer Ausstossung 12 resp. 13 Ccm. Nur eine dieser Geburten war durch Krampfwehen verzögert; das Kind entleerte $39^1/_2$ Stunden alt 17,5 Ccm. auf einmal.

Die täglich bis zum 10. Tage hin entleerten Harnmengen zeigen eigenthümliche Schwankungen.

Am 1. Tag urinirten nicht: 8 Kinder,
eine unbestimmte Menge: 1 Kind,
die übrigen 15 Kinder entleerten aufgefangene Mengen.
——————
24

Diese Menge betrug durchschnittlich: **12** Ccm.,
9 urinirten bis zu 12 Ccm.,
6 „ „ 30,5 „
——————
15

Am 2. Tag urinirten nicht: 3 Kinder,
es kamen nicht zur Beobachtung· 2 „
aufgefangen wurde der Urin von 19 „
——————

sie entleerten durchschnittlich: **10,7** Cm.

$$\begin{array}{l} 11 \text{ bis zu } 10 \text{ Ccm.,} \\ 7 \text{ zwischen } 10 \text{ und } 20 \text{ Ccm.,} \\ \underline{1} \ 34 \text{ Ccm.} \\ 19 \end{array}$$

Am 3. Tag urinirten 2 nur wenige Tropfen,

$$\begin{array}{l} 3 \text{ wurden nicht beobachtet,} \\ \underline{19} \text{ wurden beobachtet.} \\ 24 \end{array}$$

Sie entleerten durchschnittlich: **26** Ccm.

und zwar 8 bis zu 10 Ccm.

$$\begin{array}{l} 3 \ " \ " \ 20 \ " \\ 6 \ " \ " \ 50 \ " \\ 2 \ " \ " \ 72 \ " \\ 19 \end{array}$$

Am 4. Tag haben 2 überhaupt nicht urinirt,

bei 6 gelang die Sammlung unvollständig,

„ 6 gar nicht, so dass zur Beobachtung kamen

$$\begin{array}{l} \underline{10} \text{ Knaben.} \\ 24 \end{array}$$

Sie entleerten durchschnittlich: **37,6** Ccm.

und zwar 3 bis zu 10 Ccm.

$$\begin{array}{l} 2 \ " \ " \ 20 \ " \\ 3 \ " \ " \ 50 \ " \\ 1 \text{ entleerte } 64 \ " \\ \underline{1} \ " \ 138 \ " \\ 10 \end{array}$$

Am 5. Tag war die Sammlung bei 10 nur unvollständig gelungen,

$$\begin{array}{l} \text{vollständig bei } \underline{14} \text{ Knaben.} \\ 24 \end{array}$$

Diese entleerten durchschnittlich: **31** Ccm.

und zwar 3 bis zu 10 Ccm.

$$\begin{array}{l} 2 \ " \ " \ 20 \ " \\ 6 \ " \ " \ 50 \ " \\ 2 \ " \ " \ 100 \ " \\ 1 \text{ entleerte } 124 \ " \\ 14 \end{array}$$

Am 6. Tag war die Sammlung bei 11 unvollständig,

$$\begin{array}{l} \text{dagegen vollständig bei } \underline{13} \text{ Knaben.} \\ 24 \end{array}$$

Diese entleerten durchschnittlich: **37** Ccm.

und zwar 3 bis zu	10	Ccm.
3 „	20	„
4 „ „	50	„
1 entleerte 100		„
2 bis zu 125		„
13		

Am 7. Tag wurde der Urin von 13 Knaben gesammelt.
Sie entleerten durchschnittlich **62** Ccm.

davon 1 bis zu	10	Ccm.
1 „ „	20	„
4 „ „	50	„
6 „ „	100	„
1 entleerte 151		„
13		

Am 8. Tag wurden wiederum von 13 Knaben die Harnmengen
sammelt.

Sie entleerten durchschnittlich: **66** Ccm.

davon 1 bis zu 10		Ccm.
2 „ „ 20		„
2 „ „ 50		„
6 „ „ 100		„
2 „ „ 169		„
13		

Am 9. Tag wurde von 11 Knaben der Urin vollständig aufgefangen
Sie entleerten durchschnittlich: **45** Ccm.

davon 2 bis zu	10	Ccm.
1 „ „	20	„
5 „ „	50	
2 „ „	100	„
1 entleerte 200		„
11		

Am 10. Tag endlich gelang nur bei 6 Knaben die Sammlung des Ur¹
Sie entleerten durchschnittlich: **66** Ccm.

davon 5 bis zu	100	Ccm.
1 entleerte 123		„
6		

Der Uebersicht halber stellen wir die Durchschnittsmengen für die
zelnen Tage hier nochmals zusammen. Danach entleerten

15 Knaben am	I. Tag	durchschnittlich	12	Ccm. Harn.
16 „ „	II. „	„	10,7	„ „
19 „ „	III. „	„	26	„

10 Knaben am IV. Tag durchschnittlich 37,6 Ccm. Harn.
14 „ „ V. „ „ 31 „ „
13 „ „ VI. „ „ 37 „ „
13 „ „ VII. „ „ 62 „ „
13 „ „ VIII. „ „ 66 „ „
11 „ „ IX. „ „ 45 „ „
6 „ „ X. „ „ 66 „ „

Wir sehen zunächst aus diesen Zusammenstellungen, dass in den ersten Tagen mehr als die Hälfte der Kinder weniger als die Durchschnittsmenge entleert, ein Verhältniss, das in den späteren Tagen umgekehrt erscheint, so dass anfänglich vielleicht die Durchschnittsmengen in Folge einzelner Ausnahmen zu hoch, späterhin zu niedrig erscheinen. Es besteht also eine sehr bemerkenswerthe Steigerung der Harnausscheidung während dieser ersten Lebenstage, welche Steigerung in allen Functionen sich bemerkbar macht. Die Kinder schlafen in den ersten Tagen noch unverhältnissmässig viel und nehmen in geringen Mengen die noch in ihrer Entwicklung befindliche Milch aus der Brust. Nach dem 3. Tag hingegen, nachdem auch die Milchausscheidung reichlicher in Gang gekommen, sehen wir die Harnmengen auch rasch zunehmen und häufig genug das Mittelmaass weit überschreiten. Von den 24 Knaben haben nur 5 jeden Tag die tägliche Durchschnittsharnmenge entleert; 10 haben sie an je einem Tage überschritten; nämlich

$$
\begin{array}{lll}
3 & \text{am} & 1. \text{ Tag} \\
4 & „ & 2. \quad „ \\
1 & „ & 3. \quad „ \\
\underline{2} & „ & 5. \quad „ \\
10 & &
\end{array}
$$

Von den übrigen 9 entleerten

$$
\begin{array}{lll}
3 & \text{an} & 3 \text{ Tagen} \\
3 & „ & 4 \quad „ \\
2 & „ & 5 \quad „ \\
\underline{1} & „ & 7 \quad „ \\
9 & &
\end{array}
$$

mehr als die Durchschnittsmengen; nämlich

$$
\begin{array}{lll}
\text{am} & \text{I.} & \text{Tag} & 3 \\
& \text{II.} & „ & 2 \\
& \text{III.} & „ & 5 \\
& \text{IV.} & „ & 3 \\
& \text{V.} & „ & 4 \\
& \text{VI.} & „ & 3 \\
& \text{VII.} & „ & 7 \\
& \text{VIII.} & „ & 5 \\
& \text{XI.} & „ & 3 \\
& \text{X.} & „ & 3 \\
\end{array}
$$

Halten wir diese Zahlen zusammen mit dem oben angegebenen Verhalten der Wöchnerinnen und Säuglinge, soweit sich dasselbe durch objectiv
nachweisbare Symptome zu erkennen gibt, so müssen wir pathologische
Processe als Ursache der Harnmengenschwankungen wohl ausschliessen. Der
Excess erscheint lediglich bedingt durch die im Allgemeinen kräftigere Entwicklung der betreffenden Kinder; denn unter den 9 letztgenannten sind 6
über 3500 Grm. schwer bei der Geburt gewesen, die andern 3 wogen 2810,
2980, 3120 Grm. und waren kräftige lebhafte Kinder. Aber weiter wird
die Dohrn'sche[1]) Beobachtung, dass mit dem Gewichte der Kinder die
Harnmenge zunehme, auch dadurch bestätigt, dass die hohen Durchschnittsmengen überhaupt wesentlich bedingt sind durch die Ausleerungen der 10
bei der Geburt über 3300 Grm. schweren Knaben.

Um zu berechnen, wie viel Urin pro Kgrm. des Neugeborenen innerhalb der ersten 24 Stunden entleert wird, stehen uns 13 Bestimmungen
zu Gebote. Wenn wir die dabei in Betracht kommenden Knaben nach
ihrem Körpergewicht zusammenstellen, so entleerten:

2 (im 9. Monat geborne)   pro Kgrm. 3,8 Grm. Urin am I. Tag
4 (im 10. Monat geborne) . . .   „   „   4,4 „   „
4 (am normalen Schwangerschafts-
 ende geborne)   . . . .   „   „   5,3 „
3 (über 3500 Gramm entwickelte
 Knaben)   „   „   3,6 „   „
‾‾
13

Im Durchschnitt aus allen 13 Beobachtungsreihen erhalten wir **4,4 Grm.**
Urin pro Kgrm. Kind am I. Tage.

Die meisten Kinder sind auch am Entlassungstage gemessen worden,
allein nur von 4 derselben gelang es, die betreffenden Harnmengen in zuverlässiger Weise zu gewinnen. 2 am 10. Tage entlassene zeigten:
1 (2220 Grm. schwer, Gewichtszunahme 20 Grm.), Harnmenge 24 Grm.
 also 10,6 Grm. pro Kgrm.
1 (3140 Grm. schwer, Gewichtszunahme 70 Grm.), Harnmenge 22,5 Grm.
 also 7,5 Grm. pro Kgrm.
‾‾
2

 2 am 9. Tage entlassene zeigten an diesem Tage:
1 (2900 Grm. schwer, Gewichtszunahme 130 Grm.), Harnmenge 38 Grm.
 also 13,7 Grm. pro Kgrm.
1 (3870 Grm. schwer, Gewichtszunahme 100 Gr.), Harnmenge 110 Grm.
 also 28,4 Grm. pro Kgrm.
‾‾
2

Von der ersten Gruppe hatte das erste 3,2 Grm. pro Kgrm. am I. Tag,
das zweite 1,6 Grm. pro Kgrm. am I. Tag entleert.

Die Kinder der zweiten Gruppe sind am II. resp. III. Tage leider nicht

[1]) a. a. O. S. 124.

speciell gewogen worden, als sie an diesen Tagen zuerst Urin auszuscheiden anfingen.

Immerhin ist die Steigerung der Kilogrammausscheidung eine sehr bemerkenswerthe. Nach den 4 Kindern berechnet beträgt die Menge im Durchschnitt 15,0 Grm. Wollen wir überhaupt aus allen verfügbaren Zahlen die Durchschnittswerthe berechnen, indem wir die Durchschnittsgewichte mit den Durchschnittsharnmengen zusammenstellen, so bekommen wir:

für den I. Tag bei 3127 Grm. Durchschnittsgew. 4,4 Grm. Urin pro Kgrm.
„ „ IX. bzw. X. Tag bei 2968 Grm.   „   18,8 „   „   „   „

Dieser gewaltige Zuwachs bei gleichbleibendem oder nur wenig verringertem Körpergewicht, ist an sich ein sehr sprechender Beweis des gesteigerten Stoffwechsels. Unsere Zahlen entsprechen jedoch noch nicht denen von Scherer[1]), der für 1 Kgrm. des kindlichen Körpers 47,4 Grm. Urin berechnet hat, während er die Harnausscheidung des erwachsenen Körpers pro Kgrm. zu 29,5 Grm. berechnet hat. Es ist daraus vielfach der Schluss gezogen worden, dass der kindliche Körper überhaupt mehr Harn ausscheide, als der erwachsene, und hat man dieses gewiss auffällige Verhalten mit den Steigerungen der Umsetzung, wie sie die Kleinheit des kindlichen Körpers braucht, um sich auf der entsprechenden Körperwärme zu erhalten, in Verbindung gesetzt. Wir halten nach dem Obigen die Scherer'sche Angabe für viel zu hoch gegriffen, wenngleich selbst bei unsern Zahlen die Harnmenge des Neugebornen neben den Genannten für Erwachsene doch schon als eine unverhältnissmässig grosse erscheint.

Es mag uns gestattet sein, gleich an dieser Stelle einer Fehlerquelle zu gedenken, die wir bei den obigen Bestimmungen haben unterlaufen lassen müssen. Wir haben das Volumen des entleerten Harns ohne Weiteres für die Bestimmung des Gewichtes benutzt. In Anbetracht indess des weiter unten zu erörternden geringen specifischen Gewichtes des kindlichen Harns dürfte der dadurch bedingte Fehler irrelevant erscheinen.

Eben so wenig wie mit den genannten Angaben in Betreff der relativen Harnmenge stimmen unsere Beobachtungen überein mit denen von Gerhardt auf S. 5 seines Lehrbuchs der Kinderkrankheiten angegebenen absoluten Harnmengen[2]), es sollen die Kinder 250 bis 410 Ccm. pro Tag entleeren. Hecker schätzt a. a. O. die Harnmenge zu täglich 90 Ccm. für die ersten Tage, nachdem er sie bis zum 3. Tage als gering bezeichnet hat. Beide Angaben müssen nach unsern Beobachtungen als viel zu hoch bezeichnet werden. Berechnen wir aus den oben angegebenen Bestimmungen eine allgemeine Durchschnittsmenge für die ersten 10 Lebenstage, so erhalten wir eine durchschnittliche Harnmenge von ca. 40 Ccm., eine Zahl, für deren

---

[1]) Gerhardt a. a. O. S. 4.

[2]) Gerhardt citirt die Beobachtungen von Pollack, die uns im Original leider nicht vorgelegen haben.

Richtigkeit wir um somehr einstehen zu können glauben, als die einzelnen verwertheten Harnmengen in zuverlässiger Weise aufgefangen worden sind.

III. Kapitel.

Farbe des Urins.

Die Farbe des Urins fand Dohrn bei dem mittelst des Katheters entleerten Urin meist sehr blass.[1] Hodann fand ihn anfangs allerdings schwach, später intensiv gelb, doch soll diese Farbe nach dem 5. und 6. Tage sich verlieren. Nach unserer Beobachtung zeigt nun der Harn in der That ein sehr verschiedenes Verhalten, je nachdem er unmittelbar post partum mittelst des Katheters entleert, oder spontan ausgeschieden, oder der Blase der intra partum abgestorbenen Kinder entnommen worden ist. Diesen letzteren fanden auch wir auffallend blass, ja zuweilen fast wasserklar. Ebenso wurde der späterhin zu anderweiten Versuchen regelmässig mittelst des Katheters unmittelbar post partum entnommene Urin nahezu farblos befunden. Im Gegensatz hierzu zeigten die spontan entleerten Urine eine sehr bestimmte Farbe. Der Urin des einen der beiden Knaben, welche sofort nach der Geburt urinirten, war hellgelb No. II (Vogel'sche Farbentabelle S. 151 der Anleitung zur Analyse), und der andere sofort post partum entleerte Urin zeigte sich gelb No. III jener Scala. Weiter hatten von den 14 ersten Ausleerungen, deren Farbe bestimmt werden konnte,

die Farbe No. I jener Tabelle kein Urin
  „   „   „   II   „   „   3 Urine
  „   „   „   III „   „   8   „
  „   „   „   IV   „   „   2   „
  „   „   „   V   „   „   1   „

Für die gesammten Entleerungen der späteren Tage haben wir dieselben nach Procentsätzen auf der folgenden Tabelle zusammengestellt:

T a b e l l e II.

Vogel'sche Scala:	I	II	III	IV	V
Am 1. Tag	—	21,5 %	57,2 %	14,2 %	7,11 %
„ 2. „	14,3 %	33,3 %	33,3 %	—	19,11 %
„ 3. „	—	52,2 %	39,11 %	—	8,77 %
„ 4. „	5,9 %	47,0 %	41,2 %	—	5,9 %
„ 5. „	18,7 %	50,0 %	31,3 %	—	—
„ 6. „	41,2 %	29,3 %	23,5 %	—	5,0 %
„ 7. „	55,5 %	22,25 %	22,25 %	—	—
„ 8. „	50,0 %	25,0 %	20,0 %	5,0 %	—
„ 9. „	33,3 %	25,0 %	41,7 %	—	—
„ 10. „	40,0 %	10,0 %	50,0 %	—	—
also durch-schnittlich	25,8 %	31,8 %	35,9 %	1,9 %	4,6 %

[1] a. a. O. S. 129.

Daraus geht hervor, dass die Angaben der Autoren über die spontan entleerten Urinmengen intra vitam nicht zutreffen: während der ersten Tage, so lange als die Menge eine verhältnissmässig kleine bleibt, erscheint der Urin nicht blass, sondern sogar ganz überwiegend intensiv gefärbt und, erst am 6., 7. oder 8. Tage tritt bei zunehmender Menge diese intensive Färbung mehr zurück. Die intensive Färbung begleitet die stärkere Concentration des Harns, den höheren Gehalt an Harnstoff, das höhere specifische Gewicht (vergl. weiter unten) und ist somit wohl ein Produkt des unmittelbar nach der Geburt mächtig angeregten Stoffwechsels im kindlichen Organismus. Diese Steigerung kann natürlich die unmittelbar post partum mittelst des Katheters entleerten Harnmengen nicht betreffen und so erklären sich unserer Ansicht nach die abweichenden Befunde der Autoren.

Die Ausleerungen waren in den ersten Tagen regelmässig mehr oder weniger getrübt, auch dann, wenn der Urin in den Gummiblasen aufgefangen wurde, welche sonst auf ihren Inhalt keinen Einfluss ausüben. Nur die beiden sofort post partum direct in Schalen entleerten Harnmengen erschienen durchaus klar. Im Verlauf des 3. und 4. Tages nahm der Harn meist eine leichttrübe bis lehmigtrübe Beschaffenheit an. Unter dem Mikroskop zeigten sich dann massenhafte ausgefallene harnsaure Salze neben Schleim und Epithelien. In den ersten Tagen erfolgte in 43 $\%$ der Fälle der Ausfall der harnsauren Salze so rasch, dass schon wenige Minuten nach der Ausleerung der Boden der kleinen in die Gummiblasen eingesetzten Gläser mit solchen meist intensiv gelben, selten bräunlich oder grauweisslichen krümlichen Massen bedeckt war. Erst vom 5. Tage an blieben die harnsauren Salze längere Zeit gelöst und erst um diese Zeit wurde der Harn ganz klar und durchsichtig.

IV. Kapitel.

Reaction des Harns.

Die Reaction wurde stets unmittelbar nach der Entleerung geprüft. In 12 Fällen ist die Reaction des ersten Urins notirt, 9mal war sie. sauer, 2mal neutral, 1mal alkalisch. Ueber das weitere Verhalten gibt folgende Tabelle das Nähere:

Tabelle III.

Reaction	I.	II.	III.	IV.	V.	VI.	VII.	VIII.	IX.	X. Tag
„ . .	75 $\%$	69 $\%$	60,8 $\%$	66,7 $\%$	50,0 $\%$	60 $\%$	78,6 $\%$	68,4 $\%$	81,8 $\%$	77,8 $\%$
neutral .	17 $\%$	19 $\%$	25,8 $\%$	22,2 $\%$	37,5 $\%$	20 $\%$	14,3 $\%$	26,3 $\%$	9,1 $\%$	22,2 $\%$
alkalisch	8 $\%$	12 $\%$	13,1 $\%$	11,1 $\%$	12,5 $\%$	20 $\%$	7,1 $\%$	5,3 $\%$	9,1 $\%$	—

Es tritt also die saure Reaction vom 1. Tage an zurück bis zum 5. Tage, um sich dann über den anfänglichen Procentsatz am 10. Tage zu erheben.

8 Knaben zeigten gleichmässig sauer reagirenden Urin während der ganzen Beobachtungsdauer. Die übrigen 16 sehr verschiedene Reactionsschwankungen.

Bei 5 trat die nicht saure Reaction nur 1mal an vereinzelten Tagen auf in einzelnen Ausleerungen,

bei 4 andern bestand sie je 2 Tage hintereinander ein oder mehrere Male,

bei 7 endlich zeigte sich der Urin tagelang neutral oder alkalisch, und zwar

2mal vom 2. Tage an   3 resp. 4 Tage lang, _

3mal „ 3. „   „ 1mal 3 u. 2mal 5   „   „

2mal „ 4. „   „   3 resp. 5   „   „

Weiter ergiebt sich aber aus den Notizen, dass alle Ausleerungen

am 1. Tage nicht sauer reagirten bei 4 Kindern,

„ 2. „   „   „   „   „ 5 „

„ 3. „   „   „   „   „ 2 „
                      ――――
                      11

Dagegen reagirte nur der Morgens entleerte Harn nicht sauer

am 1. Tage bei 7 Kindern,

„ 2. „   „ 4 „

„ 3. „   „ 1 „

„ 4. „   „ 2 „

Der Abends entleerte Harn allein war neutral oder alkalisch nur in 5 Fällen; und zwar

2mal am 1. Tage,

3mal „ 2. „

Es bedarf wohl kaum der Erwähnung, dass die Neutralität und die Alkalescenz, welche übrigens nur ganz vereinzelt eine intensive war, nicht der zersetzenden Einwirkung der Luft zuzuschreiben ist, da die Prüfung der Reaction meist unmittelbar nach der Entleerung vorgenommen wurde und somit auch das Verhalten des noch warmen, frisch gelassenen Harns festgestellt wurde (freilich zeigte dieser Harn eine weit grössere Disposition zur alkalischen Gährung von Anfang an, als der saure, der sich durchschnittlich mehr als 2 Tage sauer hielt, obwohl das Wetter theilweise schwül war). Nach Versuchen von Bence Jones[1]) und Roberts steht die Reaction des Urins in einem bestimmten Verhältniss zur Magensaftbereitung. Da uns Beobachtungen über diese nicht zu Gebote stehen, so müssen wir uns bescheiden, die Möglichkeit dieser Erklärung zuzugestehen,

―――――――

[1]) Vgl. Neubauer und Vogel, Analyse S. 260.

doch halten wir es für wahrscheinlicher, dass diese Alkalessenz resp. Neutralität ausschliesslich mit der Aufnahme einer alkalischen Nahrung im Zusammenhang steht. Den näheren Zusammenhang können freilich auch unsere Versuche nicht aufklären.

Das Maximum nicht sauer reagirender Ausscheidungen fällt nach obiger Tabelle ungefähr auf den 5. Tag. Wir wissen diese Thatsache nicht anders zu erklären, als damit, dass ja gerade um diese Zeit die Milchaufnahme eine gewaltige Steigerung erfährt — Gerhardt (a. a. O. S. 5) —, zu deren Assimilirung der Organismus des Neugeborenen vielleicht noch nicht, hinreichend vorbereitet ist. Ist dieses Stadium verwunden, wie gegen das Ende der ersten Dekade, so geht dann die Assimilirung in wünschenswerther Intensität vor sich, der Urin zeigt sich in mehr als $^3/_4$ der Fälle sauer.

V. Kapitel.

Specifisches Gewicht des Harns.

Das specifische Gewicht des ersten Urins hat Dohrn bestimmt zu 1001—1006. Uns ist es gelungen, in 10 Fällen das specifische Gewicht der ersten Ausleerung festzustellen, und zwar zu 1012. Nur 3 erste Urine hatten ein Gewicht unter 1006; dagegen wog 1 Urin 1017.

Für das specifische Gewicht haben wir auf folgender Tabelle eine fortlaufende Beobachtungsreihe aufgestellt. Die einzelnen Beobachtungen erscheinen in auffallend geringer Zahl; doch müssen wir dies damit erklären, dass, wie schon Hecker das betont, in den ersten Tagen die Harnmenge meist zu gering ist für exacte Bestimmungen. Wir konnten mit einer Mohr'schen Waage von Westphal in Celle, die uns zuletzt zur Benutzung stand, Mengen von 5 Ccm. exact bestimmen; anfänglich hatten wir nur eine solche Waage von Fleischer in Berlin zur Verfügung, und da bedurfte es mindestens 10 Ccm. zur verwerthbaren Bestimmung. (S. Tab. IV.)

Verwerthbare einschlägige Beobachtungen finden wir nur bei Hecker[1], der in einem Fall das Gewicht des am 8. Tage entleerten Urins zu 1002,33 bestimmte (gegen unsre Durchschnittszahl von 1003,6) und das specifische Gewicht des vom 3. bis 8. Tage gesammelten Urins in einem andern Falle zu 1001, welches nach unsern Durchschnittszahlen 1007 betragen müsste.

Indem wir uns vorbehalten, weiter unten das specifische Gewicht in seinem Verhalten zum Harnstoffgehalt zu untersuchen, wollen wir hier nur noch die Bestimmungen der festen Bestandtheile des Harns in ihrem Verhalten zum specifischen Gewicht erwähnen. Aus 19 an verschiedenen Tagen am Urin von 7 Knaben gemachten Bestimmungen erhielten wir, bei einem durchschnittlichen specifischen Gewicht der betreffenden Urine von 1006 einen Gehalt an festen Bestandtheilen von 0,93 %. Bei einer in diesen

---

[1] a. a. O. S. 230.

Tabelle IV.

I. Tag	II. Tag	III. Tag	IV. Tag	V. Tag	VI. Tag	VII. Tag	VIII. Tag	IX. Tag	X. Tag
(Mittel aus 10 Bestimmungen) 1009									
	(M. aus 6 Best.) 1010								
		(M. aus 13 Best.) 1010							
			(M. aus 9 Best.) 1004,5						
				(M. aus 15 Best.) 1005					
					(M aus 13 Best.) 1004,4				
						(M. aus 13 Best.) 1005			
							(M. aus 23 Best.) 1003,6		
								(M aus 10 Best.) 1003,3	
									(M aus 11 Best.) 1003

19 Bestimmungen durchschnittlichen Harnmenge von jedesmal 48,7 Ccm. wurden also 0,45291 Grm. feste Bestandtheile entleert. Uebertragen wir das Procentverhältniss auf die Ausleerungen des 10. Tages, so erhalten wir für die oben auf 1 Kgr. am 10. Tage berechnete Harnmenge von 18,8 Ccm. 0,17484 Grm. feste Bestandtheile. Nach Neubauer und Vogel S. 321 enthält die mittlere tägliche Harnmenge von 1400—1600 Ccm. bei Erwachsenen 55—65 Grm. feste Bestandtheile, welches ungefähr einem Gehalt an festen Bestandtheilen von 4 % entspricht, gegenüber den 0,93 % bei Neugeborenen. Für die Berechnung der festen Bestandtheile im Kinderharn aus dem specifischen Gewicht können die bekannten Formeln von Trapp und Anderen nicht verwerthet werden; denn es müsste dann, bei einem durchschnittlichen specifischen Gewicht (aus den obigen 19 Bestimmungen) von 1006, 1000 Ccm. Kinderharn 12,0 Grm. feste Bestandtheile enthalten, während sie in der That nur 9,3 Grm. haben. Aus der Literatur liegen nur einzelne Beobachtungen über den Gehalt des Harns lebender Kinder an festen Bestandtheilen vor; Hecker[1]) bestimmte ihn am 8. Tage

---

[1]) a. a. O. S. 231.

zu 0,827 % und für die Harnmenge der ersten 17 Tage zu 0,636 %. Beide Angaben differiren beträchtlich gegen unsre Resultate. Aus 4 Bestimmungen vom 8. Tage ergiebt sich uns ein durchschnittlicher Gehalt an festen Bestandtheilen von 0,468 %.

Endlich haben wir aus 82 Bestimmungen für die innerhalb der ersten 10 Lebenstage entleerten Urine das durchschnittliche specifische Gewicht berechnet zu 1004.

VI. Kapitel.

Der Chlorgehalt des Harns.

Im Kinderharn sind ebenso wie in dem der Erwachsenen die Chloride constante Bestandtheile, allerdings in sehr wechselnder Quantität. In 22 Bestimmungen erhielten wir einen durchschnittlichen Gehalt an Chlor von 0,088 %, im Maximum 0,183 %, im Minimum 0,007 %. Diese Bestimmungen erscheinen gegenüber den von Dohrn[1] für den ersten Urin gefundenen Werth sehr gering. Wir besitzen nur eine Bestimmung einer ersten Ausleerung, sie beträgt 0,043 % gegenüber den 0,02—0,3 % von Dohrn. Hecker fand 0,089 % Chlornatrium, d. h. also 0,54 % Chlor in dem Urin der ersten 17 Tage, und in dem vom 3. bis 8. Tage gesammelten 0,15 % Chlornatrium, also 0,092 % Chlor. Für diesen letzteren Zeitraum besitzen wir 19 Bestimmungen und erhalten aus deren Mittel genau die Hecker'sche Zahl 0,092 % Chlor.

Der Chlorgehalt wurde bestimmt:

für den	I.	Tag	(aus 1 Bestimmung)	zu	0,043	%
„ „	III.	„	(„ 2 „	) „	0,107	„
„ „	IV.	„	(„ 2 „	) „	0,098	„
„ „	V.	„	(„ 6 „	) „	0,118	„
„ „	VI.	„	(„ 1 „	) „	0,032	„
„ „	VII.	„	(„ 2 „	) „	0,096	„
„ „	VIII.	„	(„ 5 „	) „	0,059	„
„ „	IX.	„	(„ 1 „	) „	0,027	„
„ „	X.	„	(„ 2 „	) „	0,037	„

Wichtiger erscheint es ganz allgemein, den Chlorgehalt pro Kgr. Harn zu bestimmen. Für den I. Tag erhalten wir bei Ausleerung der Durchschnittschlormenge 0,00387 Grm. Chlor, für den X. Tag 0,016566 Grm. Chlor pro Kgrm. Diese letztere Chlorbestimmung verhält sich zur Chlorausleerung eines erwachsenen Mannes wie 1,245 : 7,0 (Vogel-Neubauer S. 348).

Da nun andere Chloride als das Chlornatrium nur ganz spurweise sich im Harn der Kinder nachweisen lassen, so haben auch wir den gesammten Chlorgehalt unter Vernachlässigung jener Spuren in Chlornatrium umgerechnet und einen durchschnittlichen Chlornatriumgehalt für die ersten zehn

---

[1] a. a. O. S. 130.

Tage berechnet zu 0,107 %. Speciell liess sich der Chlornatriumgehalt berechnen

für den I. Tag zu 0,0063 % (nach dem Mittelgewicht berechnet),
                 0,0021 „ (nach den für den 1. Tag vorhandenen Bestimmungen),
für den X. Tag zu 0,0279 „ resp.
         0,01136 „

Auch unsre Angaben lassen, wie Hegar (Neubauer und Vogel S. 349) das zuerst beobachtet, eine sehr erhebliche Differenz im Chlorgehalt zwischen, dem des Morgens (bis 10 Uhr Vormittags) und des Abends (bis 11 Uhr Abends) ausgeleerten Harn erkennen. Wir besitzen 5 desbezügliche Bestimmungen und zwar je 1

am III. Tage: Morg. entleerter Harn 0,172 %, Abds. entleerter Harn 0,043 % Cl.
„ V. „ „ „ „ 0,135 „ „ „ „ 0,055 „ „
„ VI. „ „ „ „ 0,076 „ „ „ „ 0,032 „ „
„ VIII. „ „ „ „ 0,084 „ „ „ „ 0,051 „ „
„ X. „ „ „ „ 0,045 „ „ „ „ 0,029 „ „

also durchschnittlich im Morgens entleerten Harn 0,102 % gegen 0,042 % Cl. Abends entleerten Harns, somit eine Differenz von nahezu der Hälfte zu Gunsten des während der Nacht ausgeschiedenen Harns. Und dieser Unterschied wird nur wenig verschoben, wenn wir die sämmtlichen des Morgens entleerten Harne (in Summa 17 Bestimmungen), in welchen 0,095 % Chlor (gleich 0,155 % Chlornatrium) erhielten, gegenüberstellen obigen 0,042 % Chlor (gleich 0,068 % Chlornatrium) in dem des Abends resp. während des Tages entleerten Urin. Beim Erwachsenen verhalten die Chlormengen sich umgekehrt, ohne dass uns ersichtlich wäre, was diesen Unterschied bedingt.

Bei den mit Muttermilch genährten Kindern können wir die Chlorzufuhr genau controlliren. Nach Bouchaud (Gerhard S. 5) nehmen die Kinder in den ersten 10 Tagen eine Gesammtmenge von 383 Grm. Milch zu sich. Diese enthält nach unsern eigenen Milch-Bestimmungen 0,0716 % Chlor. d. h. also 0,118 % Chlornatrium, somit wird also eine Gesammtmenge von 0,4484 Grm. Chlornatrium den Kindern in den ersten 10 Lebenstagen zugeführt. In dieser Zeit wird nach obigen Berechnungen in der gesammten Harnmenge von 390 Grm. 0,107 % Chlornatrium entleert, d. h. 0,4187 Grm.. so dass 0,0297 Grm. Chlornatrium als Ueberschuss zurückbleiben resp. auf anderen Wegen aus dem Körper ausgeschieden werden.

VII. Kapitel.

Albumengehalt des Harns.

Dass der Harn des Neugeborenen Albumen enthalte, ist unsres Wissens zuerst von Virchow in seinem Vortrag über den Harnsäureinfarkt des Näheren ausgeführt worden. Seine Beobachtungen beziehen sich auf den

Kinderleichen entnommenen Harn, den er in den Ges. Abh. S. 851 als nicht selten, an einer anderen Stelle S. 846 als constant Eiweiss-haltig bezeichnet. Auf Grund dieser Beobachtungen nennt Scherer in den Verhandlungen der physic. medic. Gesellschaft zu Würzburg 1851 Bd. II. No. 1 den Harn des Foetus und Neugebornen constant Eiweiss-haltig. Hecker erwähnt a. a. O. nicht des Eiweissgehaltes und bei den Autoren, wie Bouchut, Kormann, Förster, Rokitansky u. A. finden sich keine oder nur spärliche Andeutungen darüber. Hennig, Lehrbuch der Kinderkrankheiten (3. Auflage S. 142), lässt kurzweg den Foetusharn Eiweiss-haltig sein. Im Gegensatz hierzu fand Dohrn (a. a. O.) den Harn lebender Kinder in 62% der Fälle Eiweiss-frei und nur in 38% Eiweissgehalt und zwar nach normal verlaufenen Geburten, spurweisen Eiweissgehalt in 23% der Fälle, geringen doch deutlich erkennbaren Gehalt in 9%, reichliche Mengen in 6% der Kinder. Nach erschwertem Geburtshergang dagegen hatten 43% der Kinder Eiweissgehalt.

Eine befriedigende Erklärung dieser gewiss eigenthümlichen Beobachtung (nämlich der Albuminurie gesunder Neugeborner) hat a. a. O. weder Virchow gegeben noch Dohrn. Virchow hält es für möglich, dass der Harn einfach durch längeren Aufenthalt in der Blase einen wesentlichen Eiweiss-gehalt acquiriren könne, obgleich nichts dergleichen bei Erwachsenen beobachtet worden sei. Zur Erklärung des Eiweissgehaltes des Harns bei gesunden Neugebornen intra vitam weist Virchow hin auf die mit der Ausstossung der Frucht verknüpften grossen Umänderungen im kindlichen Organismus. „Bei der nun selbstständigen Respiration, Wärmeerzeugung und Digestion kommt es ziemlich häufig zu Umsetzungen des Blutplasmas. Harnstoff, Hippur-, Harnsäure, besonders harnsaures Ammoniak werden massenhaft ausgeschieden. Es liegt nun gewiss nahe, mit diesen Umänderungen den Eiweissgehalt des Urins in Verbindung zu setzen und anzunehmen, es sei in dieser stürmischen Lebensperiode das Eiweiss vor seinem Zerfall ausgeschieden." Dohrn nimmt an, „dass das Eiweiss unter Einwirkung foetaler Circulationsstörungen schneller transsudire; dadurch sei der vermehrte Eiweissgehalt der nach erschwertem Geburtshergang gebornen Kinder zu erklären." Den Eiweissgehalt des in den Leichen befindlichen Harnes hält er für ein Leichenphänomen. Diese letztere Ansicht müssen wir nach den weiter unten mitgetheilten Versuchen lediglich bestätigen, da ursprünglich Eiweiss freier Harn nach bis zu 18stündigem Aufenthalt in der Blase Eiweisshaltig wird. Inwiefern die bei der Geburt etwa auftretenden Circulationsstörungen den Eiweissgehalt des Harns vermehren, wollen wir alsbald untersuchen.

Für die Bestimmung des Albumengehaltes stehen uns 17 Beobachtungsreihen zur Verfügung. In allen hat sich wenigstens eine Eiweiss-haltige Urinausleerung gefunden; der Eiweissgehalt schwankt aber in Menge und Häufigkeit so, dass bei einzelnen Kindern überhaupt nur Spuren davon an einzelnen Tagen nachgewiesen werden konnten, während andere kürzere oder längere Zeit hindurch einen zuweilen sehr massenhaften Eiweiss-gehalt zeigten.

Der erste Urin enthielt 6mal kein Eiweiss.

2mal ist der erste Urin nicht zur Untersuchung gekommen,

9mal war Eiweiss nachzuweisen, und zwar:

1mal in dem sofort post partum entleerten Harn,
4mal innerhalb der ersten 24 Stunden,
4mal zwischen der 24. und 36. Stunde.

Nur der erste Urin war Eiweiss-haltig in 3 Fällen:

einer davon war sofort p. p. entleert,
einer nach 16 Stunden,
einer nach 28 Stunden.

Im weiteren Verlauf enthielten

10 Beobachtungsreihen nur in den ersten 3 Tagen Albumen
haltigen Harn

5 in je 1 Ausleerung (4 am 1. Tage, 1 am 3. Tage),
1 „ „ 1 „ des 2. und 3. Tages,
1 „ 3 Ausleerungen bis zum Abend des 3. Tages,
3 „ allen „ „ „ „ „ 3.
___
10

7 Reihen zeigten an späteren Tagen Albumengehalt

1 am 4. Tage,
2 „ 5. „
1 „ 6. „
1 Reihe endlich in allen Ausleerungen bis zum 6. Tage.
7

Es war also Eiweiss enthalten

in 7 Reihen in nur 1 Ausleerung,

3mal war nur der erste Harn albuminös,
1mal eine Ausleerung am 2. Tage.
1mal „ „ „ 4. „
1mal „ „ „ 5. „
1mal „ „ „ 6. „

in 5 Reihen enthielten nur 2 Ausleerungen Eiweiss:

2 am 1. und 3. Tage,
1 „ 2. „ 4. „
1 in 2 Ausleerungen am 3. Tage,
1 „ 2 „ „ 4. „

— 25 —

in 5 Reihen war der Eiweissgehalt häufiger, und zwar

    in 3 Reihen bis zum Abend des 3. Tages in allen Ausleerungen,

    1 Reihe „ „ 5. Tage im 1., 3., 4., 5. und 6. Urin,

    „ 1 „ „ „ 6. „ „ 2., 4., 5., 6. und 7. Urin.

Da die Urinmengen zu einer exacten quantitativen Bestimmung zu gering waren, haben wir uns bescheiden müssen, festzustellen, ob der Eiweissgehalt spurweise, unbedeutend oder ein mässiger war. Zugleich mit dieser Erörterung haben wir auf der folgenden Tabelle den Eiweissgehalt der des Morgens resp. des Abends entleerten Harne verzeichnet.

T a b e l l e V.

Tage:	I		II		III		IV		V		VI		VII		
	am	pm	am	pm	am	pm	am	pm	am	pm	am	pm	am	pm	
Albumengehalt — spurweise [1]	1	3	1	2	2	1	1	1	3	—	—	—	1	—	16
Albumengehalt — unbedeutend	—	—	4	1	4	1	2	—	2	1	1	—	—	—	16
Albumengehalt — mässig . . .	—	1	1	—	—	—	—	—	—	—	1	—	—	—	3
	1	4	6	3	6	2	3	1	5	1	2	—	1	—	35

Diese Zahlen beziehen sich in verschiedenen Fällen auf die Morgen- und Abend-Ausleerungen eines und desselben Knaben, wir ordnen die zusammengehörigen Zahlen auf der folgenden Tabelle.

T a b e l l e VI.

Am	zeigte		spurweisen	unbedeutenden	mässigen
				Eiweissgehalt	
II. Tag	1 Knabe	am	—	1	—
		pm	—	1	—
II. Tag	1 Knabe	am	—	—	1
		pm	1	—	—
III. Tag	1 Knabe	am	—	1	—
		pm	—	1	—
III. Tag	1 Knabe	pm	1	—	—
		am	1	—	—
III. Tag	1 Knabe	pm	1	—	—
		am	—	—	1
IV. Tag	1 Knabe	pm	—	1	—
		am	1	—	—
V. Tag	1 Knabe	pm	1	—	—
		am	—	1	—

[1] Diese Gehaltmaasse sind nach Vogel benannt.

Wir machen darauf aufmerksam, dass also nach diesen Tabellen mit
Ausnahme des ersten Tages, an welchem ja, wie wir oben gesehen haben,
viele Kinder überhaupt erst gegen Abend Urin lassen, der Eiweissgehalt
bis zum 6. Tage hin allmählich abnimmt, und vom 8. Tage an verschwindet.
Weiter, dass der Morgens entleerte Harn häufiger Eiweiss enthält, als der
des Abends entleerte, so dass während der ersten 8 Tage auf 24 albumenhaltige Morgenausleerungen (9 spurweise, 13 unbedeutende, 2 mässige) 11
ebensolche Abendausleerungen (7 spurweise, 3 unbedeutende, 1 mässige)
kommen. Ueberhaupt war der Eiweissgehalt nur in 8 % der Fälle ein
mässiger, in 46 % ein unbedeutender und in 46 % ein spurweiser. Die
ausgeleerten Mengen waren 4mal spurweise und 3mal unbedeutend bei den
Kindern, in deren Reihen nur je eine Ausleerung Eiweiss enthielt. In den
4 Reihen mit je 2 eiweisshaltigen Ausleerungen war der Eiweissgehalt je
1mal spurweise, in 3 Fällen unbedeutend, in 2 Fällen mässig.

Was nun den Geburtsverlauf in seinem Verhältniss zu dem Albumengehalt betrifft, so waren die Kinder mit einmaliger Albumenausscheidung
nach durchschnittlicher 12stündiger Geburtsdauer geboren worden. Die
Kinder der 5 Reihen, in welchen je 2 albumenhaltige Ausscheidungen notirt
sind, zeigten ebenfalls eine durchschnittliche Geburtsdauer von 12 Stunden.
Nur bei 2 derselben verzögerte sich die Geburt durch fehlerhafte Wehenthätigkeit auf $33\frac{1}{6}$ resp. $46\frac{1}{2}$ Stunden. Bei diesen Kindern war der Urin
der beiden ersten Tage Eiweissfrei; der Eiweissgehalt stellte sich erst
ein am 3. resp. 4. Tage, um dann vollständig zu verschwinden. Unter den
5 Kindern mit einer häufigeren Albumenausscheidung hatten 4 eine Geburtsdauer von weniger als $7\frac{1}{3}$ Stunden durchgemacht und nur ein Kind eine
solche von $38\frac{1}{4}$ Stunden. Dieses Kind zeigte Albumen am 1., 3. und 5. Tage.
Die Knaben also mit häufiger und reichlicher Albumenausscheidung waren
somit nach einer durchschnittlich kürzeren Geburtsdauer geboren, als die
mit einem geringeren Albumengehalt. Zudem aber ist der Albumengehalt ein
so schwankender, er tritt so unregelmässig und absatzweise auf, dass wir
einen Geburtseinfluss auf den Eiweissgehalt des Harns bei lebenden Kindern
nicht anzuerkennen vermögen, wenn überhaupt die Geburtsdauer als Maas-
stab dafür gelten darf, ob der Geburtshergang ein erschwerter ist oder nicht.

Wichtiger erscheint es für diese so verschiedenen Albumenausscheidungen
die Entwicklungsstufen der Kinder in Betracht zu ziehen, und da stellt es
sich heraus, dass die mit nur einmaliger Albumenausscheidung ein Durchschnittsgewicht haben von 3001 Grm., die mit zweimaliger Albumenausscheidung 3140 Grm., die mit mehrmaliger 3238 Grm. Dabei sind die beiden
letzten Durchschnittsgewichte nicht so erheblich, dass, wie wir das oben gesehen haben, durch dieselben an sich ein Geburtshinderniss bedingt würde.

Wir sind uns sehr wohl bewusst, dass damit allein bei diesen verhältnissmässig geringen Zahlen eine befriedigende Erklärung für das Auftreten von Albumen im Harn nicht gegeben ist. Wir werden weiter unten

— 27 —

sehen, dass die so plötzlich über den kindlichen Organismus hereinbrechende
Entwicklung seiner Functionen nicht immer ohne bedenkliche Steigerungen
des ganzen Stoffwechsels, nicht ohne Stauungen im uro-poetischen System
vor sich zu gehen pflegt. Wir müssen deshalb auch den Albumengehalt
des Harns als die chemisch nachweisbare Aeusserung dieser jähen Entwicklung und Ausgleichung der neuen Lebensfunctionen auffassen. Der
Uebertritt von Albumen erreicht, wie wir auf Tabelle S. 54 gesehen haben,
am 3. Tage seine Acme. Und wie von da an die Lebensäusserungen des
Kindes im Allgemeinen und die einzelnen Functionen, speciell auch das
Verhalten z. B. der einzelnen Harnbestandtheile zu einander ein mehr dem
Verhalten des Erwachsenen entsprechendes wird, so sehen wir auch, dass
der Albumengehalt im Harn nach Ueberwindung des am 3. Tage zu beob-
achtenden Höhepunktes von da an rasch wieder schwindet, um schon am
7. Tage vollständig sich zu verlieren. Wie wenig Einfluss darauf aber
anderweite Befindensstörungen resp. Störungen in der Entwicklung ausüben,
beweisen unter anderen die beiden weiter unten bei Besprechung des Harn-
säureinfactes eingehender zu erwähnenden Kinder, von denen das eine nur
in der ersten Ausleerung spurweise Albumen enthielt, das andere dagegen
in den 4 ersten Ausleerungen, und zwar zuerst mässig, dann spurweise,
zuletzt unbedeutend. Schliesslich lassen sich unter den 17 hierbei in Betracht kommenden Reihen die Albumen-haltigen nach Procenten folgender-
maassen gruppiren.

Am I. Tag waren Albumen-haltig 29 % der 17 Untersuchungsreihen,
 „ II.   „   „   „   „   41 „   „   „   „
 „ III. „   „   „   „   35 „   „   „   „
 „ IV.   „   „   „   „   17 „   „   „   „
 „ V.   „   „   „   „   23 „   „   „   „
 „ VI.   „   „   „   „   11 „   „   „   „
 „ VII. „   „   „   „   — „   „   „   „
 „ VIII. „   „   „   „   5,8 „   „   „   „
 „ IX.   „   „   „   „   — „   „   „   „
 „ X.   „   „   „   „   — „   „   „   „

VIII. Kapitel.

Harnstoffgehalt des Harns.

Das Vorkommen des Harnstoffs in dem foetalen Harn schon lange vor
der Geburt ist durch den Nachweis dieses Körpers im Fruchtwasser sicher
gestellt und seit lange allgemein angenommen worden.

Uns kam es hier darauf an, das Verhalten des Harnstoffes in dem Harn
der ersten 10 Lebenstage im Einzelnen festzustellen. Dazu verfügen wir
über 87 Bestimmungen, aus deren Mittel ein Harnstoffgehalt von
489 % pro Ausleerung sich ergiebt.

Wir fanden

am I. Tage im Mittel aus 5 Bestimmungen 0,634 % Harnstoff,
„ II.   „   „   „   „   3   „   0,732 „   „
„ III. „   „   „   „ 10   „   0,963 „   „
„ IV.   „   „   „   „   7   „   0,486 „   „
„ V.   „   „   „   „ 13   „   0,438 „   „
„ VI.   „   „   „   „   8   „   0,4911 „   „
„ VII. „   „   „   „ 15   „   0,414 „   „
„ VIII. „   „   „   „ 14   „   0,346 „   „
„ IX.   „   „   „   „   6   „   0,362 „   „
„ X.   „   „   „   „   6   „   0,228 „   „

Danach entleerte jeder Knabe pro Tag, bei den oben angegebenen Durchschnittsmengen:

Am I. Tage in 12 Grm. Harn 0,0763 Grm. Harnstoff,
„ II.   „ „ 10,7 „   „   0,0783 „   „
„ III. „ „ 26,0 „   „   0,2504 „   „
„ IV.   „ „ 37,6 „   „   0,1827 „   „
„ V.   „ „ 31,0 „   „   0,1358 „   „
„ VI.   „ „ 37,0 „   „   0,1817 „   „
„ VII. „ „ 62,0 „   „   0,2567 „   „
„ VII. „ „ 66,0 „   „   0,2284 „   „
„ IX.   „ „ 45,0 „   „   0,1624 „   „
„ X.   „ „ 66,0 „   „   0,1505 „   „

Bei einer durchschnittlichen Harnmenge von 39,333 Grm. für jeder der ersten 10 Tage wurde also pro Tag 0,1923 Grm. Harnstoff im Harn ausgeschieden.

Die Harnstoffausscheidung pro Kilogramm beträgt für den

I. Tage bei 4,4 Grm. Harn 0,0205 Grm. Harnstoff,
X. „   „ 18,8 „   „   0,0919 „   „

Es scheint bei den Autoren[1]), nach uns allerdings nicht recht ersichtlichen Quellenangaben, die Ansicht zu herrschen, dass der Harnstoffgehalt der Kinder resp. Neugebornen grösser sei, als der der Erwachsenen. Dohrn bestimmte den Harnstoffgehalt der bei der Geburt in der Blase vorhandenen Harnmenge zu 0,14—0,83 % resp. 0,0135—0,210 Grm. Das Mittel der Dohrn'schen Angaben aus 10 Fällen zu 0,485 % stimmt mit unserem Mittelmaasse aus 87 Beobachtungen für die ersten 10 Lebenstage (0,489 %) überein. Dohrn hat eine Berechnung pro Kilogramm nicht mitgetheilt. Hecker bestimmte den Harnstoffgehalt des am VIII. Tage entleerten Harns zu 0,041 %, was von unserer aus entsprechenden Beobachtungen gewonnenen Durchschnittsbestimmung von 0,2284 % wesentlich differirt. Ebenso wenig stimmt aber die Hecker'sche Bestimmung der

---

[1]) Gorup-Besanez S. 587; auch Uhle, Wiener med. Wochenbl. 1859, 7—9!

Iarnstoffs aus den Ausleerungen vom 3. bis 8. Tage zu 0,45 % mit unserer aus 67 entsprechenden Bestimmungen gewonnenen Durchschnittszahl für die-en Zeitraum — nämlich 0,206 %. Wie nun nach diesen beiden in der Lite-atur allein zu diesem Zweck verwerthbaren Bestimmungen das Resultat herausgerechnet worden ist, dass die Kinder pro Kilogramm mehr Harnstoff ausscheiden, als ein Erwachsener ist uns nicht verständlich geworden. Gorup-Besanez bestimmt nach Kerner (S. 282 physiol. Chemie) die durchschnitt-che Harnstoffsmenge für ein Kilogr. eines Erwachsenen zu 0,53 Grm., eine Angabe, die mit der von Neubauer und Vogel[1]) ungefähr übereinstimmt, wogegen wir oben eine solche für das Kilogr. Kind von 0,0919 Grm. fanden.

Der Erwachsene entleert in 24 Stunden 35 Grm. Harnstoff, der Neu-geborene 0,1923 Grm. Der Erwachsene in 1000 Harntheilen 23,3 Grm., der Harnstoffgehalt schwankt bei Erwachsenen der Art, dass des Nach-mittags das Maximum Harnstoff entleert wird. Diese Angabe können wir für den Neugebornen nicht bestätigen.

Wir haben die allerdings nicht stets demselben Kinde angehörigen Aus-leerungen des Morgens und Abends zusammengestellt:

T a b e l l e VII.

	I.	II.	III.	IV.	V.	VI.	VII.	VIII.	IX.	X.	durch-schnitt-lich
am	0,598	—	1,125	0,336	0,162	0,629	0,418	0,346	0,638	0,294	0,533 %
am	0,680	—	0,421	0,695	0,602	0,336	0,109	0,345	0,311	0,156	0,428 %

Diese Tabelle lehrt also, dass im Gegensatz zu dem Verhalten der Harnstoffausscheidungen des Erwachsenen beim Neugeborenen das Maximum der Ausscheidung in den am frühen Morgen resp. am Vormittag ausge-schiedenen Harn fällt.

Da die Harnstoffbildung wesentlich von der Aufnahme einer stickstoff-reichen Nahrung abhängt, der Neugeborene aber in der Muttermilch eine solche geniesst, so würde a priori eine verhältnissmässig reichliche Harn-stoffausscheidung beim Kinde zu erwarten sein; unsere Beobachtungen be-stätigen indess augenscheinlich diese Erwartung nicht.

Dem entsprechend findet das Auftreten des Maximalgehaltes an Harnstoff in dem innerhalb der ersten 6 Stunden nach der Nachtzeit entleerten Harn, also in dem bis gegen Mittag hin entleerten Harn, unserer Ansicht nach seine Erklärung darin, dass, so weit wir es feststellen konnten, die Kinder in der Regel des Morgens nach dem Erwachen mit besonderem Appetit und lange dauernd tranken und also scheinbar am frühen Morgen schon ihre Hauptmahlzeit zu sich nahmen.

[1]) a. a. O S. 337.

Auch beim Nengebornen steigt mit der grösseren Harnmenge im Allgemeinen die absolute Menge des Harnstoffs, jedoch ohne sichtbare Regelmässigkeit. (Siehe Curve I auf Tafel Nr. III.)

Ebenso entleeren die Neugebornen, je häufiger sie ausleeren, um so mehr Harnstoff. So wurden entleert:

am I. Tage in 2 Ausleerungen 0,982 °/₀ statt des Durchschn. (pr. Tag) 0,634°

„ III. „ „ 2 resp. 3 „ 2,886 „ ., ., „ „ „ 0,963.
„ IV. „ „ 2 „ 0,840 „ „ „ ·· ·· ·· 0,486.
·, V. „ „ 2—4 „ 1,395 „ „ „ „ „ „ 0,438.
„ VI. „ „ 2 „ 1,7173 „ „ „ „ ·, ·, 0,491.
„ VII. „ „ je 2—3 „ 0,9905 „ „ „ „ „ ·· 0,414.
., VIII. „ „ 2 „ 0,666 „ „ „ „ „ ·· 0,346.
·· IX. „ „ 2 „ 0,685 „ „ „ „ „ „ 0.362..
„ X. „ „ 2 „ 0,402 „ „ „ „ ·· ·· 0,228.

Wir haben oben den durchschnittlichen Gehalt an festen Bestandtheilen während der ersten 10 Tage berechnet zu 0,93 °/₀. Die von uns gefundene Durchschnittszahl für den Harnstoff (0,489 °/₀), also etwas mehr als die Hälfte aller festen Bestandtheile, entspricht ziemlich genau dem von Vogel[1] angegebenen entsprechenden Werth für den Erwachsenen.

Das Verhältniss zwischen der Harnstoffausscheidung und dem specifischen Gewicht haben wir durch die Curve II der Tafel III zu veranschaulichen versucht. Es ergibt sich daraus, dass auch beim Neugeborenen das specifische Gewicht ziemlich genau dem Harnstoffgehalt entspricht, beide fallen vom dritten zum vierten Tage bis zur Hälfte des vorherigen Bestandes, um späterhin nicht mehr unverhältnissmässig anzusteigen.

IX. Kapitel.

Der Harnsäuregehalt des Harns.

Die Art und Weise, wie die Harnsäure, resp. ihre Salze schon in den Nieren des Neugeborenen aus dem gelösten Zustand ausfällt und sich als Niederschlag bemerkbar macht, hat schon lange die Aufmerksamkeit der Beobachter gefesselt. Eine ganze Reihe diesbezügliche Fragen sind durch die bedeutungsvollen Arbeiten Virchow's, E. Martin's[2], Hodanns[3] und Anderer, unter denen wir nur Hecker und als Letzten Gusserow[4] anführen, erledigt. Bislang erschien die Frage noch eine offene, wie die Ausscheidung erfolgt in den Nieren und wie der Harnsäureinfarkt aus den Nieren ausgestossen wird. Ueber die Aufschlüsse in Betreff dieser Fragen

---

[1] a. a. O. S. 323.
[2] Jenaische Annalen 1851. II. S. 142.
[3] a. a. O.
[4] Archiv für Gynaekologie Bd. III. S. 246.

der sonst hierher gehörigen Ergebnisse unserer Untersuchungen können hier nur auf den II. Theil dieser Arbeit verweisen.

Weit schwieriger, als wie der dort mitgetheilte Befund microscopischer ersuchungen, war der exacte chemische und quantitative Nachweis bei so überaus geringen verfügbaren kindlichen Harnmengen. Alle uns unten Proben sind auf weit grössere Mengen eingerichtet, als wie sie zur Verfügung standen. Und die mit diesen geringen Mengen angeten Untersuchungen ergaben meist so geringe Resultate, dass wir auf ihre etheit nicht glaubten zählen zu dürfen. Wir mussten verzichten, ganze en von Bestimmungen zu gewinnen und können als unsere Ansicht nach verwerthbar nur 3 Bestimmungen vom 6., 7. und 8. Tage hier anführen. fanden nach der von Neubauer-Vogel S. 192 a. a. O. beschriebenen säurenprobe im Harn

I. Tages 0,126 % Harnsäure: also in 45 grm. Harn 0,0567 grm. Harnsäure
II. „ 0,0089 „ „ „ „ 120 „ „ 0,0048 „ „
II. „ 0,004 „ „ „ „ 32 „ „ 0,00285 „ „

Es ergiebt sich daraus eine Durchschnittsmenge von 0,0463 % resp. 14 Grm. Harnsäure bei durchschnittlich pro Tag von den betr. Kindern erten 66 Grm. Harn (der Erwachsene entleert (Vogel S. 243) 0,3— Grm. pro die.). Es würde also 1 Kgrm. des 10 Tage alten Kindes 609 Grm. Harnsäure entleeren.

Bei den Erwachsenen schwankt das Verhältniss der Harnsäure zum stoff von 1:20—80. Das Kgrm. Kind entleert bei 0,00609 Harnsäure 19 Harnstoff, also verhalten sich Harnsäure zu Harnstoff wie 1:14. cheint demnach der kindliche Harn selbst an dem 6. bis 8. Lebenstag unverhältnissmässig viel Harnsäure zu enthalten, wenn man überhaupt lieser geringen Anzahl von Beobachtungen Schlüsse zulässt. Um den säuregehalt trotz der geringen Mengen wenigstens annähernd zu beinen, haben wir versucht, durch die Bestimmung des Gesammtstick- und Subtraction des Stickstoffgehalts des Harnstoffs von dieser ne den Stickstoffgehalt der Harnsäure zu gewinnen. Nach Abzug des haltes des Harnstoffs bleiben eigentlich wohl noch für die anderen ltigen Bestandtheile Abzüge von Gesammt-N.-gehalt zu machen, da nach stets vorangegangener Albumenausfällung sich in einzelnen Proben als minimal erweisen, so haben wir geglaubt sie vernachlässigen zu dür- Damit noch nicht zufrieden, controllirten wir diesen Versuch zu branch- 1 Harnstoffbestimmungen zu kommen noch auf die Weise, dass wir bei en obengenannten Harnsäurebestimmungen den N.-Gehalt der Harn- , den N.-Gehalt des Harnstoffs vom Gesammt-N.-gehalt des Harns ab- 1: dabei fanden wir 1mal nur einen unbestimmten Rest N. von 0.055 %, iden anderen Fällen betrug derselbe 0,004 % und 0,0002 %, also en, deren Vernachlässigung das Gesammtresultat nicht beeinflussen kann. uf die oben angegebene Weise berechneten Harnsäurenwerthe dürften

also wohl dem wahren Verhalten ziemlich nahe kommen. Aus 6 Berec⟨
nungen (Gesammt-N. — N. des Harnstoffs) erhielten wir 0,0466 % N. f⟨
die Harnsäure, also 0,1399 % Harnsäuregehalt. Bei der durchschnittlich⟨
Harnmenge von 40 Ccm. ergibt sich daraus eine tägliche Ausscheidung v⟨
0,0559 Grm. Harnsäure und pro Kilgr. 0,021513 Grm. Harnsäure. Da die⟨
Zahl fast das Vierfache der direct bestimmten durchschnittlichen Har⟨
säurenmenge (0,00609 Grm.) beträgt, während es nur mit der einen direct⟨
Bestimmung übereinstimmt, so begnügen wir uns beide Resultate neben ei⟨
ander aufzuzeichnen.

Schliesslich sei es gestattet noch die Schätzungeü der, wie schon ob⟨
erwähnt, meist aus harnsauren Salzen bestehenden Sedimente zusamme⟨
zustellen. Die Ausleerungen, soweit sie überhaupt sedimentirten, enthielte⟨

T a b e l l e X.

Sedimente.	am I.	II.	III.	IV.	V.	VI.	VII.	VIII.	IX.	X.Tg
sehr viel	4mal	1mal	8mal	2mal	1mal	—	2mal	—	2mal	—
mässig	—	2mal	—	2mal	2mál	1mal	—	1mal	—	—
spurweise	2mal	2mal	2mal	4mal	3mal	3mal	4mal	—	—	—

Anhang.

Ausser den oben genannten Bestandtheilen haben wir zunächst no⟨
den Wassergehalt des kindlichen Harns festzustellen gesucht. Im Mitt⟨
aus 20 Bestimmungen haben wir einen durchschnittlichen Wassergehalt g⟨
funden von 98,826 %. Dabei ist indess zu bemerken, dass 2 Bestimmung⟨
von 95,12 und 96,807 % darunter rangiren, während unter den 18 übrig⟨

6 zu mehr als 98 % Wassergehalt,
12 „ 99 % „

sich finden.

Jene beiden Harne stammen von 2 verschiedenen Knaben; der erste i⟨
am 3., der andere am 5. Tage entleert, der erste hatte ein specifisch⟨
Gewicht von 1021, enthielt grosse Mengen harnsaurer Salze, Albumen u⟨
Chloride bei vollständiger Euphorie des Knaben, der nur an diesem Ta⟨
wenig über das Durchschnittsgewicht entleerte; der andere entleerte reic⟨
lich über die Durchschnittsmenge einen sonst von dem Durchschnittsve⟨
halten nicht abweichenden Urin.

Der durchschnittliche Gehalt an festen Bestandtheilen im Mitt⟨
aus unseren Bestimmungen, 0,93 % stimmt ziemlich genau mit den v⟨
Hecker angegebenen Bestimmungen (a. a. O. S. 230 u. s. w.) 0,827 ⟨
und 0,636 %.

Von dieser Masse . . . .   0,93 % sind abzurechnen
    an Chlornatrium   0, 107 %
    „ Harnstoff . .   0, 489 %
    „ Harnsäure   .   0,0214 %
    in Summa . . .   0,6174 %
    Der Rest von . .   0,3126 %

umgreift den Albumengehalt, die Harnfarbstoffe, die übrigen Mineralbestandtheile und die minimalen nicht exact nachweissbaren Mengen Kreatin u. s. w.

    Die festen Bestandtheile   0,93 %
    und die Wassermenge   98,826 %
    zusammen   99,756 %

geben einen ungedeckten Rest von 0,244 %, der wohl auf den Fehler zurückzuführen ist, den wir durch die Benutzung nicht absolut gleichmässig
durchlaufender Untersuchungsreihen begangen haben. Wir hoffen, dass Jeder,
der die Schwierigkeiten solcher Untersuchungen gerade bei Neugebornen
kennt, diesen Fehler richtig würdigen wird; er kann unserer Meinung nach
den Werth der Untersuchungen an sich nicht beeinträchtigen.

Weitere Bestimmungen des kindlichen Harns wurden durch die geringe
Menge und durch das nur eben spurweise Vorhandensein anderer Körper
verhindert.

In 3 Fällen gelang die Bestimmung der Phosphorsäure.

    Am 5. Tag enthielt ein Harn . . . .   0,014 % Phosphorsäure
2 Untersuchungen am 7. Tage enthielt ein Harn   0,089 %   „
    und ein anderer   0,032 %   „

Diese Zahlen sind gegenüber den bekannten grossen Zahlenreihen zur
Bestimmung des Phosphorgehaltes des Urins Erwachsener so klein, dass
wir anstehen, sie irgend weiter zu verwerthen.

Wir suchten vergeblich nach Gallenfarbstoffen, besonders bei den icterischen Kindern; ebensowenig konnten Indican, dann weiter Kreatin, Zucker,
Kalk, Magnesia in verwerthbarer Weise nachgewiesen werden.

Als Resumé haben wir die Curve III, Tafel III entworfen; sie spricht
selbst deutlich genug dafür, dass die Harnmenge in der unseren Untersuchungen unterworfenen Zeit eine stetig steigende ist; ihr schliesst sich
allein an das Chlornatrium, dessen Beimischung wenn auch als geringerer
Procentbestandtheil mit der grösseren Harnmenge zunimmt. Das specifische
Gewicht dagegen, der Harnstoffgehalt und der Albumengehalt erreichen am
2. und 3. Lebenstage ihr Maximum; in einzelnen Fällen erreicht das specifische Gewicht an diesem Tage die Höhe des Harns der Erwachsenen, um
dann dauernd auf eine weit unter diesem stehende Stufe zu sinken.

Der Harnstoffgehalt verhält sich durchschnittlich während der ersten 10
Tage zu dem des Erwachsenen wie 1,0 : 3,2, am 2. Tag erscheint er im Verhältniss von 1 : 2,4, um dann schon nach weiteren 2 Tagen wieder auf das

Verhältniss von 1 : 4,4 zurückzugehen. Endlich tritt an eben diesem
bis 3. Tage der Albumengehalt des Urins der Neugeborenen in bis na[
zur Hälfte der beobachteten Fälle auf, um dann von einem Tage zum a[
dern abzunehmen und am 8. Tage ganz zu schwinden.

Rechnen wir nun zu diesen Befunden die weiter unten ausgeführt[
Beobachtungen über das Verhalten des Harns und der Nieren hinzu, so e[
scheint der Anfang des extrauterinen Lebens mit gewaltigen Umänderung[
in der Nierenthätigkeit verknüpft. Es finden sich im Harn in den erst[
Tagen Erscheinungen, die im Harn Erwachsener auf pathologische Ve[
hältnisse hinweisen. Die Entwickelungsstufe des neugeborenen Kindes läs[
anderweite Symptome dieser Umänderungen nicht hervortreten, in der Reg[
gleichen sie sich auch schon in den ersten Lebenstagen aus; dass die[
Ausgleichung indess in nicht seltenen Fällen weitere Störungen mit si[
führt, werden wir in dem II. Theil dieser Arbeit zeigen.

II. Pathologisch-anatomische Untersuchungen.

I. Kapitel.

Urin von Todtgeborenen.

Die Menge des Urins, den man in der Blase von todtgebornen Kinde[
findet, ist meist sehr gering; die Harnblase ist stark contrahirt, fest anz[
fühlen. Dieses Factum hat früher zu den wunderlichsten Hypothesen Anla[
gegeben. Richard[1] z. B. behauptete, dass Neugeborne in den ersten 48 Stu[
den keinen Urin entleeren, weil die Nebennieren länger functioniren, die be[
Foetus als Blutdrüsen ohne Ausführgang die zur Zeit sehr unpassen[
Urinsecretion ausglichen.

Dohrn[2] hält, wie auch Schwartz, die entleerte Blase für den Au[
druck eines niedrigen Grades der Asphyxie; wenn man jedoch die viel[
Ausnahmen bedenkt, wo sich bei allen Zeichen der Asphyxie (den Ecch[
mosen der Pleura, des Herzbeutels u. s. w.) Harn in der Blase findet, [
scheint eine bindende Nothwendigkeit zu diesem Schlusse nicht vorhand[
zu sein; auch müsste der Entleerung des Meconium, als ominösestem Zeich[
der Asphyxie, dann doch wohl immer die Urinentleerung vorangehen, w[
sich oft genug nicht bestätigt.

In den selteneren Fällen, in denen die Urinblase schlaff, scheinb[
nicht entsprechend der geringen Urinmenge, den Inhalt umschliesst, schei[
dieser Befund in der That häufiger bei Kindern, die wie bei Wendu[
z. B. oder durch Cephalothrypsie schnell ihren Tod fanden, aufzutrete[
Der Inhalt der Blase, den wir durch den Catheter oder durch Druck e[

---

[1] a. a. O. S. 425.
[2] a. a. O. S. 132. (vergl. dazu S. 127).

erten, ist ein leicht gelblicher, oft wasserheller Urin, dessen Menge, specifi-
hes Gewicht u. s. w. den obigen Angaben entspricht. Dieser Urin der
odtgeborenen, der häufig durch Beimengung von Fetttröpfchen, Epithelien
trübt erscheint und dann nach dem Filtriren klar wird, zeigt sich ei-
ssshaltig und zwar constant (Literatur s. o. Kap. VII).

Dieser Eiweissgehalt schwankt in sehr weiten Grenzen; er kann minimal
in, so dass beim Kochen und Zusatz von Salpetersäure nur eine leichte
rübung entsteht; derselbe kann beträchtlich sein, so dass das Albumen
eim Kochen als kleinflockige, käsige Masse ausfällt. Nach Dohrn's[1]
abellen scheint der Eiweissgehalt beim Todtgebornen immer sehr erheb-
ch, wenn auch seine Zahlenangaben zu gering 'sind, um einen sicheren
hluss zu gestatten.

Auch dass die Ursache eines grösseren Eiweissgehaltes in der Behinde-
ng der Foetalcirculation zu suchen sei, ist nur eine Vermuthung, die
ohrn selbst mit Vorsicht aussspricht wegen der Geringfügigkeit der Be-
achtungzahl (S. 132) (vgl. dazu oben).

Für todtgeborne Kinder nimmt Dohrn[2] den Eiweissgehalt immer als ein
ichenphaenomen an, eine Frage, welche Virchow auch in den gesammel-
n Abhandlungen S. 852 ventilirt hat, wie wir schon oben kurz erwähnten,
dem er die Möglickeit, dass der Harn durch einfachen längeren Aufenthalt
der Blase einen wesentlichen Eiweissgehalt acquiriren könnte, zugibt, ob-
hl man bei Erwachsenen nichts dergleichen eintreten sieht. Wie Dohrn,
reibt auch Gusserow[3] den Eiweissgehalt einem Leichenphaenomen zu.

Wir glauben uns durch die Untersuchung des Urins, u. A. von Kindern
lamptischer Mütter zu dem Schlusse berechtigt, wie wir sehen werden,
ss der Zustand der Mütter oft wesentlichen Einfluss auf
n Foetus und dessen Urin hat; allerdings wird auch bei Todt-
ornen der Albumengehalt durch längeren Aufenthalt in der Blase modi-
t.

Schon a priori scheint Verschiednes gegen die ausschliessliche
ffassung des Eiweissgehaltes als Leichenphaenomen im Urin von Todt-
ornen zu sprechen: einmal die Thatsache, dass der Eiweissgehalt
schen sehr weiten Grenzen schwankt, und, dass z. B. Dohrn[4] ihn auch
38 % lebender Kinder in mehr oder weniger grosser Quantität nach-
iesen hat. Auch wir haben bei 17 lebenden Neugebornen (s. o. S. 295)
nmal Eiweiss im ersten Urin nachgewiesen. Dass verschiedene
ulationsstörungen bei Geburten u. s. w., z. B. bei Nabelschnurvorfall
h Hyperaemie und Stauung wesentlichen Einfluss auf die Beschaffenheit

---

[1] a. a. O. S. 123.
[2] a. a. O. S. 133, 134.
[3] Archiv für Gynaekologie Bd. III. S. 251. 1872.
[4] a. a. O. S. 130.

des Urins haben (s. u.), unterstützte unsere Zweifel. — Wir haben u
bemüht, diese Frage, die angenommen, aber nicht bewiesen war, dur
Versuche klar zu stellen, zumal sich ein Anhaltspunkt für postmorta
Veränderung im mikroskopischen Befunde an in der Blase länger retinirte
Urin findet. Es treten blasse, durchsichtige Tröpfchen resp. Kügelch
vielfach auf, die aus den Epithelien austretend, häufig diesen noch anhafte
gefunden werden und aus albumenhaltigen Theilen bestehen. — Wir füllt
die vorerst entleerte Blase eines todtgebornen Kindes mit frischem norm
lem Urin und fanden nach 24 Stunden denselben entschieden eiweis
haltig. Um selbst den Vorwurf, dass obiges Experiment mit Urin ein
Erwachsenen gemacht ist, zurückzuweisen, wurde während 18 Stunden nic
eiweisshaltiger Kinderurin der Blase einverleibt mit demselben Erfolg, da
der Urin eine Trübung und Niederschlag beim Kochen und Zusatz von S
petersäure erfuhr; es ist hiermit die bei Erwachsenen unbekannt
bei Kindern bisher nicht nachgewiesene Annahme einer cad
verösen Eiweissbeimischung des Urins bewiesen. — Beispie
welche für den Einfluss der Mutter auf die Beschaffenheit des kindlich
Urins sprechen, sind folgende:

1) Eine Frau B. 31 Jahr alt, Ipar., wurde den 26. Mai d. J. in
königl. Entbindungsanstalt mit sehr verbreiteten Oedemen aufgenomm
die bei dem Nachweis von reichlichem Albumen im Urin neben einer col
salen Menge von hyalinen und verfetteten Epitheliacylinde
auf eine Nierenentzündung bezogen wurden, ein Befund, der sich in
nehmendem Maasse noch wochenlang nach der Geburt nachweisen liess.

Die Entbindung, die den 28. Mittags $^1/_2$ 1 Uhr ohne Kunsthülfe v
Statten ging, lieferte ein kräftiges Mädchen[1]) von normalem Gewicht u
normaler Länge, welchem durch den Catheter kurz nach der Geburt me
rere Gramm Urin entleert wurden. Derselbe hatte spec. Gewicht 1009.
stark sauer, leicht trübe, gesättigt gelb; der Eiweissgehalt dies
ersten Urins war sehr stark, während in dem dritten (der zweite w
spontan in die Windeln entleert) durch Kochen u. s. w. nur schwache T
bung entstand[2]), spec. Gewicht 1010. — Ein zweiter Fall war folgend
die Mutter hatte kurz vor der Geburt einige ecclamptische, die Besinn
fast 5 Minuten raubende Anfälle; die Entbindung wurde durch die Za
beendigt und ein todtes Kind zu Tage gefördert. Die Blase des kräft
3050 Gramm schweren Knaben enthielt mehrere Gramm eines sofort
Untersuchung kommenden, sauer reagirenden Urins, welcher gleich
der der Mutter beim Kochen viel Albumen zeigte.

2) Ein Beispiel, dass der Urin des Kindes auch noch durch and
Momente in seiner Zusammensetzung verändert wird, mag hier genü

---

[1]) a. a. O. S. 130.
[2]) vergl. Samelsohn. Virchow's Archiv Bd. 60 über hereditäre Nephr

ıd zugleich ein Beleg dafür sein, dass Circulationsbehinderung
eim Fötus den Eiweissgehalt des Urins, wie dessen Zusammen-
tzung (s. u.) alterirt. (Vergl. Dohrn a. a. O. S. 132).

Bei einem 3015 Gramm schweren todtgebornen Knaben, der nach Nabel-
hnurvorfall und Compression derselben mit sämmtlichen exquisiten Zeichen
r Asphyxie geboren war, bei dem der Dickdarm und Rectum ohne Meco-
um gefunden wurde, entleerte die Blase auf Druck $7\frac{1}{2}$ Gramm eines
hwachsauren stark albumenhaltigen Urins.

Für den Albumengehalt des Urins der Neugebornen und für die Ab-
ıngigkeit desselben von dem mütterlichen Zustand scheint uns auch noch
olgendes zu sprechen: der Eiweissgehalt, welcher bei den Todtgebornen
weiten Grenzen schwankt, zeigt sich bei den Kindern, deren Mütter an
eclampsie und Nierenentzündung litten, häufig sehr stark; so haben wir bei
derartigen Kindern sehr starken Eiweissgehalt nachgewiesen, wäh-
nd bei unter normalen Verhältnissen gebornen Kindern der Eiweissgehalt
eist minimal erschien. Auch das Gewicht der Nieren im Verhältniss zum
örpergewicht scheint unter solchen Umständen für uns zu sprechen, indem
·h bei zwei von ecclamptischen Müttern stammenden Kindern ein Verhält-
ss von 1 : 91 und 1 : 89 herausstellte, während es bei anderen Kindern
: 112, 1 : 136, 1 : 159 ist[1]). Uns scheint somit eine Abhängigkeit der Be-
haffenheit des kindlichen Urins von der Erkrankung der Mutter
ie auch von Circulationsstörungen, besonders wenn wir den micro-
opischen Befund in Betracht ziehen, wenn nicht erwiesen, denn dazu sind
ə beigebrachten Zahlen zu klein, aber doch sehr wahrscheinlich.

Betrachten wir somit den Albumengehalt bei Neugebornen nicht allein
s Leichenphänomen, so liegt es nahe, da derselbe dann auf mehr oder weni-
·r veränderter Nierenthätigkeit beruht, noch anderweite Veränderungen im
in aufzusuchen, die auf eine pathologische Nierenthätigkeit hinweisen. —
e microscopische Untersuchung des ersten Urins von dem Kinde, dessen
ıutter mit allen Erscheinungen der Nephritis in die Anstalt kam (s. o.),
gab fast genau denselben Befund wie bei der Mutter: viel
aline Cylinder, viele, die durch kleine hellglänzende Tröpfchen wie be-
iubt erschienen und die hier und da kernartige Gebilde trugen, ja selbst
·utliche, mehr oder weniger stark verfettete Zellen mit noch erkennbaren
·er schon verschwindenden Kernen zeigten[2]). Ausserdem fanden sich Epi-
·elialzellen, harnsaure Salze, Krystalle von Harnsäure und kleine einkernige
ımphoide Zellen. Die Temperatur des Kindes war 36,4°. In dem dritten
rin erschienen kleine granulirte einkernige Zellen, eine Menge langer und
·denförmiger, in lebhafter Bewegung sich befindender stäbchenförmiger
·cterien, wie man sie ähnlich in den Darmentleerungen der Säuglinge

---

[1]) Hennig, a. a. O. gibt abweichende Verhältnisse an.
[2]) Taf. IV. Fig. 1. 2. 3.

zu Milliarden ohne Störung des Allgemeinbefindens sieht, Epithelien, harn
saure Salze und spärliche, bestäubt erscheinende und hyalin
Cylinder.

Auch in dem Urin des zweiten der ecclamptischen Mutter angehörigen
Kindes zeigten sich microscopisch ausser Epithelien ganz feine zarte und
auch dickere hyaline Cylinder, die hier und da glänzende kleine
Körnchen trugen. Aehnlich war bei dem Kinde mit Nabelschnur
vorfall der Befund, wo sich ausser Epithelien, kleinen einkernigen, granu
lirten Rundzellen hyaline Cylinder und eine Menge blasse, oben scho
erwähnte Tröpfchen nachweisen liessen: alles Befunde, die in der That im
ersten Urin abnorm sind und die wir nicht in anderen Urinen todt
geborener Kinder gefunden haben, die nicht wirklich obigen nachweisbaren
modificirend wirkenden Momenten unterlegen waren.

Uebertragen wir die Ansichten, die wir von derartigen Befunden bei
Erwachsenen haben, auf das Kind, so ist die Entstehung der Fibrincylinder
nach Virchow nicht durch den Blutdruck zu erklären, die Bildung der
selben vielmehr in das Gewebe der Niere zu verlegen. Vergleichen wir
damit die Resultate von Senator[1]): nach ihm entstehen die albuminösen
Cylinder weder aus ausgepresstem Blutfaserstoff, noch aus entzündlichem
Exsudatfibrin, sondern sie kommen überall da zu Stande, wo durch langsam
sich entwickelnde und chronisch verlaufende Zustände die Nierenepithelien
allmälig in ihrer Ernährung verändert werden und entarten.[2]) Selbst bei
allmälig sich ausbildender und zunehmender Stauungshyperaemie erscheinen die Cylinder erst, wenn bereits kürzere oder längere Zeit vorher Eiweiss
in den sparsamen Harn übergegangen war. Wir werden also obige Fälle
auf veränderte Functionen der Nieren zu beziehen haben. —

In dem Urin der todtgeborenen Kinder überhaupt finden wir Anhäufungen von Epithelien der Blase, der Ureteren u. s. w., die sämmtlich
der Reihe der Plattenepithelien angehören, manchmal jedoch den Eindruck
der cylindrischen machen; neben Beimengungen von Fetttröpfchen, die oft
der an der Urethralöffnung sich vorfindenden Vernix caseosa entstammen.
sieht man rothe Blutkörperchen, kleinere auch etwas grössere, lymphoide.
granulirte, meist einkernige Zellen. Rothe Blutkörperchen sind gewöhnlich
in sehr geringer Menge vorhanden und bei Todtgeborenen haben wir nie
dadurch die Färbung des Urins bedingt gesehen, wie Virchow[3]) in einem
Falle, freilich von einem erst etwas später gestorbenen Kinde beschreibt.
Ausser den oben näher erwähnten blassen, aus den Epithelien herstammenden

---

[1]) **Senator**: Ueber die im Harn vorkommenden Eiweisskörper und die Bedingungen ihres Auftretens bei verschiedenen Nierenkrankheiten, über Harncylinder
und Fibrinausscheidung. **Virchow**, Arch. Bd. 60. 1874.

[2]) a. a. O. S. 504 und 494.

[3]) Ges. Abh. S. 852.

..ugelchen finden sich Cylinder im Urin todtgeborener Früchte, die hyalin
..nd, und andere, die in die Katcgorie der epithelialen gehören. Damit
..cht zu verwechseln sind bei einiger Uebung die Schleimgerinnsel, die sich
..i der sauren Gährung, namentlich im Sediment des Urins vorfinden, die
..schmäleren und breiteren gewundenen Streifen erscheinen und aus Agre-
..ten äusserst feiner Pünktchen und Körnchen bestehen. Diese Schleim-
..rinnsel haben zuweilen eine gewisse Aehnlichkeit mit den granulirten
..erencylindern, können aber leicht durch ihre weniger regelmässige Form
..terschieden werden[1]); freilich fällt dieser äussere Unterschied manchmal
..rt, da auch die Cylinder durchaus nicht immer eine gleichmässige Bildung
..igen. Jedoch sind dieselben, bei einiger Aufmerksamkeit, ebensowenig
..t den oft ihnen sehr ähnelnden aufgehellten, scheinbar zusammengerollten
..ithelzellen zu verwechseln, wie die unregelmässigen in Substanz und Zu-
..mmensetzung den hyalinen Cylindern ähnlichen hyalinen Klumpen, die auf
..fel IV. Fig. 6. dargestellt sind.

..Virchow[2]) beschreibt (freilich wieder von einem später gestorbenen
..nde), faserstoffige Cylinder, wie sie bei Morb. Bright. aus den Harn-
..nälchen ausgestossen werden, einen Befund, gegen den man hier einwen-
..n kann, dass er an eine secundäre, nicht primäre Nierenaffection, wie
..r sie im Auge haben, geknüpft ist. Dohrn[3]) hat, wie er angibt, nie
..linder im Urin gefunden, nur Schleimgerinnsel, obwohl er selbst in seiner
..rbeit im Fall 20 der Tabelle I. derartige notirt hat. — Die braune Pigmen-
..ung in den Epithelien und besonders in den Kernen, die Virchow[4]) von
..utung herschreibt, haben wir selten (2mal) zu beobachten gehabt. —
..Was die microscopische Untersuchung der Nieren Todtgeborner an-
..igt, so finden wir in der Literatur weit auseinander gehende Ansichten
..er deren normale anatomische und pathologische Verhältnisse: so be-
..rcibt Bock[5]) die Farbe des Nierengewebes bei Neugebornen gleichmässig
..nkelgraubraun, so dass sich die Marksubstanz wohl durch die Faserung,
..ht aber durch die Färbung von der Rindensubstanz unterscheidet, obwohl
..der That deutliche Differenzirung vorhanden ist. Virchow[6]) hat bei der
..tersuchung der Nieren bei eiweisshaltigem Urin nie eine pathologische
..ränderung gesehen, welche mit den bekannten Veränderungen in der
..ight'schen Nierenkrankheit zu vergleichen wäre. Weber[7]) hat bei dem
..nen Fall von albumenhaltigem Urin, den er bei Neugebornen beobach-
..e, leider das Parenchym der Niere selbst genauer zu untersuchen unter-

[1]) Neubauer und Vogel a. a. O. S. 122.
[2]) Ges. Abh. S. 853.
[3]) a. a. O. S. 130.
[4]) a. a. O. Ges. Abh. 853.
[5]) Handbuch für path. Anat. 2. Aufl. S. 692.
[6]) Ges. Abh. S. 852.
[7]) Beiträge zur path. Anat. der Neugeborenen. 3. Lief. 1854.

lassen. Hecker[1]) und Buhl kommen auf Grund ihrer Untersuchung über puerperale Infection der Neugebornen (Todtgebornen oder in den ersten Stunden nach der Geburt Gestorbenen. Reihe I.) zu dem Schluss, dass die Organe fast sämmtlich verändert sind und beschreiben unter Reihe II. die Veränderung der Kanälchen der Rindensubstanz in mehr als $\frac{1}{3}$ Fällen mehr oder weniger reichlich mit feinen Molekülen gefüllt, die nicht minder zum Theil noch in den Epithelien lagen, zum Theil nach Zerfall den molekulären Brei darstellten. Die Brüchigkeit des Nierenparenchyms war stets erhöht und ging zweimal so weit, dass völlige Erweichung einge-treten war (S. 267). — In wie weit letztere Schilderung nicht andere Auffassung zulässt, bleibe dahingestellt; jedenfalls handelt es sich bei Hecker und Buhl um kranke Kinder, die inficirt durch endemische Ein-flüsse mit oder ohne Ueberspringung der Mütter erkrankt sind. Näher geht Hecker an einer anderen Stelle (S. 282) auf die Veränderung der Epithe-lien ein, die er in den gewundenen Kanälchen in leichterer oder stärkerer Fettdegeneration begriffen schildert, eine Veränderung, die er jedoch nicht in allen Kanälchen findet. —

Bei der microscopischen Untersuchung der Nieren von Neugebornen nahmen wir fast regelmässig eine Veränderung in den Epithelien der gewundenen Canälchen wahr; ein Theil derselben zeigte sich dicker, breiter, die anderen dünner und normal durchscheinend ohne Trübung der Epithelien, während die ersteren durch Anhäufung einer feinkörnigen mole-culären Masse getrübt waren, die bei stärkerer Affection aus kleinen stark lichtbrechenden Tröpfchen bestand. Die Kerne, die in leichteren Fällen noch nachweisbar waren, verschwanden in den schwereren, verdeckt im „molekularen Brei." Taf. IV. Fig. 12. Dieselben Veränderungen, die also in Trübung und Schwellung bestanden, fanden sich wenn auch geringer in der Marksubstanz. Auch bei dieser Untersuchung schien die stärkere Erkrankung, soweit wir aus mehreren Fällen, in denen die Mütter an Ecclampsie und Nephritis gelitten hatten, beurtheilen können, im Zusammenhang mit mehr oder weniger starker Erkrankung der Mütter zu stehen. Jedenfalls erhellt aus unsern Unter-suchungen, dass die oben geschilderten Veränderungen nicht, wie Hecker und Buhl wollen, auf eine puerperale Infection zu beziehen sind, sondern auf einer fast constant, ja physiologisch erscheinenden Hyperaemie der Nieren Neu-geborner beruhen, durch welche allmälig weitere Veränderungen in den Nieren selbst bedingt werden; — diese können allerdings durch die mütterlichen Ver-hältnisse und so auch durch puerperale Infection beeinflusst werden. Dem entsprechend erscheint auch der Eiweissgehalt, der, wie wir oben dargethan haben, nicht allein als Leichenphaenomen aufzufassen ist, bei Neugebornen fast physiologisch durch die mehr oder weniger starke Affection der Nieren bedingt zu sein

---

[1]) a. a. O.

Wird diese Hyperaemie durch Vorgänge, z. B. durch Nabelschnurvorfall und Compression derselben stärker, dann treten neben einer geringen Blutung hyaline Cylinder auf, wie wir sie im Fall 3 oben beschrieben haben. Ja überblicken wir zugleich die Befunde im Urin von Neugebornen, dann kommen wir zu dem Schluss, dass die Nieren der Neugebornen, die sich physiologisch in einem hyperaemisch-catarrhalischen Zustand befinden, in einen nach dem Befunde des Urins und der Nieren entzündlichen Zustand gerathen können und zwar hängt letzterer in einzelnen Fällen ganz entschieden von der Erkrankung der Mutter ab. Wir können bei einer Nephritis der Mutter bei dem Kinde nach unseren Untersuchungen nephritische Erscheinungen wieder vermuthen: Erscheinngen, die sich bei den Neugebornen leichter als bei Erwachsenen ausgleichen, wenigstens verschwanden in unseren Fällen im Urin die Cylinder nach einigen Tagen, die Temperatur blieb normal und der einzige Todesfall, den wir während unserer Untersuchung mit krankhafter Störung zu verzeichnen hatten (Feist s. u.), zeigte am ersten Tage 39,6°; am zweiten 38,3° und 38,4°; am dritten 39,8°; doch spielte neben den Nierenerscheinungen ein Magendarmcatarrh mit. Selbst während des zweiten und dritten Tages, in denen sich, wie wir unten sehen werden, bei den Neugebornen oft mehr weniger schwere Nierenlaesionen zeigen, blieb die Temperatur normal; nur bei einem Kinde mit Icterus trat am fünften Tage eine leichte Steigerung der Temperatur von 35,5 auf 38,5° und bei einem anderen 2 Tage vor erscheinender icterischen Färbung, am 6. und 7. Tage, Temperatursteigerung von 38,6 und 39,2° auf. Wir können also, wenn wir unsere Befunde mit den Erfahrungen bei Erwachsenen vergleichen, eine Nephritis s. congenita hereditaria annehmen; sagt doch u. A. Vogel-Neubauer[1], „dass die Harncylinder auf eine Erkrankung der Harnkanälchen deuten, dass granulirte und hyaline auf eine intensivere Erkrankung der Epithelien des Nierenparenchyms schliessen lassen,“ und Senator, „dass die im Urin vorkommenden albuminösen Cylinder bei allen diffusen Nierenerkrankungen als Product einer Ernährungsstörung aufzufassen sind[2]“. Betrachten wir ferner im Anschluss hieran die speciell die Harncylinder in Bezug auf ihre Verwerthbarkeit behandelnde Arbeit von Burkart[3], so finden wir die Auffassung, dass die Anwesenheit von Cylindern im Harn immer ein Zeichen von entzündlicher Erkrankung der Nieren ist: sie kommen seiner Erfahrung nach nie bei gesunden Nieren vor, und bei einfacher Nierenhyperaemie sowohl venöser als arterieller, auch höchsten Grades, kommt es nie zur Bildung von Cylindern.

Es sind jedoch nicht die Nieren allein, die sich in einem hyperaemisch succulenten Zustand befinden, sondern auch die übrigen Organe zeigen ent-

[1] a. a. O. S. 306.
[2] a. a. O. S. 505.
[3] Die Harncylinder mit besonderer Berücksichtigung ihrer diagnostischen Bedeutung. Berlin 1874.

sprechende Veränderungen. Hecker und Buhl beschreiben in ihrem vortrefflichen Buche neben den Veränderungen der Nieren, Veränderungen fast in allen Organen, die durch puerperale Infection in einen Zustand parenchymatöser Entzündung gerathen sein sollen. Untersucht man die einzelnen Organe, so lernt man in vielen Fällen den Ausspruch Virchow's in seinen Ges. Abh., „dass die Zahl der fötalen Entzündungen und Erkrankungen sehr gross ist," würdigen. Abgesehen von vielen schon abgelaufenen Processen finden sich fast sämmtliche Organe bei den Neugebornen ohne vorhandene oder auch nur zu vermuthende Infection in einem catarrhalischen Zustand. Die Höhlen des Körpers enthalten sehr stark albumenhaltige Absonderungen, die häufig fibrinöse Ausscheidungen zeigen, die hin und wieder fälschlich, z. B. für peritonitische gehalten werden; auf der Pleura tritt bei Kindern in vielen Fällen bald nach der Geburt eine gelatinöse Pleuritis auf, in deren klebrig anzufühlenden, durchscheinenden, mucinhaltigem Schleim sich grosse und kleine Rundzellen befinden, Zustände, die sich besonders oft bei sehr abgemagerten Neugeborenen finden. In einem Sectionsbericht beschreibt Wegner in seiner Arbeit über Knochensyphilis circumscripte, weissliche Heerde der Pia, die er im Zusammenhang für specifisches Product hält; während dieselben fast regelmässige Veränderungen der Pia sind und aus Anhäufungen von verfetteten und zum Theil sehr stark vergrösserten Zellen bestehen. Die Bronchialschleimhaut liefert eine Menge mehlsuppenartiger Flüssigkeit, aus Epithelien bestehend; die Leber zeigt Fettanhäufungen in den Zellen, Pigment. oft leichte Trübung und Schwellung der Zellen. Im Uterus findet sich glasiger Schleim, der den Cervicalcanal ausdehnt und zum Orificium externum hervorquillt. In diesem sieht man häufig einzelne grössere lymphoide Zellen; neben Blutkörperchen und kleineren granulirten Zellen kommt selbst durch die enorme Anhäufung der letzteren ein als Endometritis congenita zu bezeichnender Zustand vor, wie wir bei einem Falle zu beobachten Gelegenheit hatten. Der Schleim, der das Corpus uteri ausfüllte, war nicht durchsichtig glasig oder leicht weisslich getrübt, sondern exquisit gelblich, wie eitrig schleimiges Sputum. Wie Erosionen mit üppig gewuchertem Papillarkörper an der Portio vorkommen, so findet sich oft durch die Schwellung der Vaginalschleimhaut ein als Fluor albus vaginae zu bezeichnender Zustand. —

Kurz wir finden, ohne diesen hier nicht direct hergehörenden Vergleich der Organuntersuchungen weiter führen zu wollen, oft sämmtliche Organe des neugebornen Kindes in hyperaemisch-catarrhalischen selbst zur Entzündung sich steigernden krankhaften, jedenfalls zur Erkrankung disponirten Zustand, beruhend auf einer Steigerung der physiologischen Vorgänge[1]), ohne dass immer die Annahme einer Infection nöthig erscheint. —

Unwillkürlich lenkte sich unsere Aufmerksamkeit bei der Betrachtung der obigen Thatsachen auf den Stoffwechsel des Kindes mit der Mutter.

---

[1]) Virchow, Ges. Abh. S. 849.

Nur ein regerer, als wie man bis jetzt kannte, vermochte z. B. die Miterkrankung des Kindes bei Ecclampsie der Mutter zu erklären, selbst wenn deren Anfälle, resp. deren Erkrankung erst kürzere Zeit vor der Ausstosung der Frucht auftraten. Die Frage, die Gusserow[1]) noch einmal in einer sehr trefflichen Arbeit beleuchtet hat, über die Entstehung des Fruchtwassers, führte ihn zu Fütterungsversuchen mit Jodkali. In Betreff des Stoffwechsels, der so wichtig für die Morbilitätsabhängigkeit des Kindes ist, führten seine Untersuchungen ihn nur zu dem Resultat, dass erst nach längerem Gebrauch des Jodkali die Reaction im Urin des Neugebornen und dann in sehr schwacher Weise vorhanden ist. Der Schluss war hiernach gerechtfertigt, dass der Stoffwechsel zwischen Mutter und Kind in schwacher und langsamer sei. Angeregt durch unsere Befunde wurden in der Martin'schen Klinik Versuche mit Salicylsäure gemacht, die bekanntlich leicht im Urin bei Zusatz von Liq. ferr. sesquichl. durch die violette Färbung nachweisbar ist. Der Uebergang der Salicylsäure, welche die Mütter während der ersten Geburtsperioden bekamen, in den Urin der Neubornen erfolgte schon nach sehr kurzer Zeit; schon innerhalb 40 Minuten war die Salicylsäure durch den Körper der Mutter, durch den Körper und das Blut des Kindes, durch die Nieren in den Urin des Kindes gelangt[2]).

Es war, wie es scheint ein glücklicher Zufall, dass Salicylsäure zur Lösung vorliegender Frage angewandt wurde, denn nicht alle Stoffe scheinen gleich gute Resultate und folglich auch nicht vollkommen richtige Schlüsse zu gestatten. Durch den regen Stoffwechsel sind die Kinder im Mutterleibe völlig denselben Bedingungen der Erkrankung, welcher die Mutter unterworfen ist, ausgesetzt; daraus erklärt sich auch die grosse Mortalität der Kinder erkrankter Mütter, wie sie auch Hecker[3]) beschreibt und wie wir sie bei Ecclampsie aus dem Bericht von Jaquet und Kulp[4]) kennen, wo von 4 Kindern 7 starben und nach Grossmann[5]), nach dessen Angaben von 2 der in Betracht kommenden Kindern beide, das eine bald, das andere nach Tagen starben.

Uns eröffnet sich durch obige Untersuchungen eine ganze Reihe von Fragen, wie sich z. B. die Schwangeren verhalten sollen, wie weit der Arzt den Schwangeren Medicamente geben darf, ohne dem Kinde zu schaden: Fragen, die wir nur andeuten wollen und deren praktische Bedeutung nahe liegt. Es knüpft sich hieran ferner die Frage des Verhaltens der Wöchnerinnen, ob nicht Schädlichkeiten den Kindern die sich in einem zur Erkrankung dis-

---

[1]) Zur Lehre vom Stoffwechsel des Foetus. Arch. f. Gynaekologie. III. Bd. 1872.

[2]) Herr Dr. Benicke wird diese höchst interessanten Untersuchungen in kürzer Zeit der Oeffentlichkeit übergeben, er hat schon im Juli dieses Jahres kurz die Resultate der Gesellschaft für Gynaekologie zu Berlin mitgetheilt.

[3]) a. a. O. S. 255.

[4]) Zeitschr. f. Geburtshülfe u. Frauenkrankheiten. Martin-Fasbender Bd. I.

[5]) Prager, Vierteljahrsschr. für prakt. Heilkunde. Jahrg. 31. 1874.

ponirenden Zustand befinden, zuzuführen. Benicke hat gezeigt, dass Salicylsäure, einer stillenden Mutter gegeben, durch die Milch in den kindlichen Organismus übergeht und nach kurzer Zeit im Urin desselben wiederzufinden ist. Wir haben z. B. ferner versuchsweise stillenden Müttern Opium gegeben und die Kinder in einen Schlaf versetzt, der den Eltern selbst oft „ängstlich" auffiel. Ferner schliesst sich die Möglichkeit der Beantwortung der Frage über die Uebertragbarkeit der Syphilis an, die in der letzten Zeit der Schwangerschaft acquirirt selbst bei secundären Erscheinungen das Kind immun lassen soll, eine Behauptung, die mit unsern Erfahrungen im Widerspruch steht.

II. Kapitel.

Untersuchungen des Urins von lebenden Neugeborenen.

Wir haben im vorigen Abschnitt gesehen, dass die Organe und speciell die uropoëtischen der todtgebornen Kinder sich häufig im Zustande der Hyperaemie, des Catarrhs, selbst im Zustand der parenchymatösen Trübung und Schwellung, andererseits oft in einer gewissen Abhängigkeit von Erkrankungen der Mutter befinden. Es lag nahe, die Untersuchung bei lebend gebornen fortzusetzen, um zu sehen, ob und wann die krankhaften Erscheinungen verschwinden. Die speciellen Angaben über Menge, Reaction, specifisches Gewicht, chemische Zusammensetzung s. o.

In der Literatur finden sich fast durchgehend Nierenerkrankungen und besonders die Nephritis als ein Leiden beschrieben, welches in der Jugend gar nicht oder selten vorkomme. Bouchut hebt besonders in seinem schon oben erwähnten Buch über die Krankheit der Neugebornen ausführlich die Fälle hervor, wo ein Kind im sechsten Monat an Nierenentzündung erkrankte und beruft sich auf Rayer und Grisolle, von denen letzterer ein Kind mit einer durch Erkältung einige Wochen nach der Geburt entstandenen Nephritis und albumenhaltigen Urin beobachtete. Bock, Förster und Kormann machen darüber geringe oder gar keine Angaben. Rokitansky[1]) erwähnt, dass man Nierenentzündung und ihre Ausgänge in einzelnen Fällen bei Neugebornen aufgefunden habe, Fälle, die er, wie es scheint, nur aus der Literatur kennt. Weber (a. a. O.) spricht, ohne bindenden Beweis zu geben, von Perinephritis, circumscripter Verdickung der Kapsel u. s. w. Parrot[2]) beschreibt 2 Fälle von Nierenerkrankung bei Neugebornen, von denen der erste uraemische Convulsionen bekam und am 25. Tage nach der Geburt starb, während der zweite 5 Tage alt mit Icterus zu Grunde ging; auch an einem andern Orte (Arch. général. Série XIX etc., Schmidt's[3]) Jahrbücher 1874 Bd. 162. 5.) bespricht derselbe

[1]) Lehrbuch der pathol. Anat. 1842. S. 412. Bd. 3.

[2]) Arch. de physiol. norm. et path. Sept. 1873. S. 512.

[3]) Vergl. dazu Bd. 164. 10. 1874.

Verfasser die uraemische Hirnaffection und den Tetanus der Neugebornen und führt dieselben bei Kindern von nicht über sechs Wochen, meist unter 4 Wochen weniger auf ein primäres nervöses Leiden als vielmehr auf Veränderungen des Blutes und der Nieren zurück.

Die Nieren zeigen Verfettung, die Tubuli contorti sind mehr oder weniger mit Fetttröpfchen durchsetzt und dadurch an einzelnen Stellen von grösserem Durchmesser, wie varicös. Charcelay (Gaz. méd. de Paris No. 39. 1841., Schmidt's Jahrb. Bd. 38. S. 68) beschreibt 16 Fälle von albuminöser Nierenentzündung bei Neugebornen als eine von den Ursachen des nach der Geburt sehr häufigen Oedems; in einem Fall beschreibt er die Nieren als sehr umfänglich, roth und in congestivem Zustand, die Rindensubstanz sehr dunkel, die Kelche enthalten harnsauren Infarct; die Symptome sind Oedeme und Eiweiss im Urin, doch scheint letzterer in keinem Fall bei Lebzeiten constatirt, nur bei der Leiche in 2—3 Fällen. — Die Befunde, die Virchow in den Ges.-Abh. anführt, haben wir schon erwähnt, Auch sonst liegt eine nähere Untersuchung des Urins während der ersten Lebenstage ausser vereinzelten Angaben nicht vor, noch sind aus diesem Rückschlüsse auf das Befinden der Organe gemacht.

Ehe wir auf die Untersuchung eingehen, wollen wir vorausschicken, dass wir lediglich mehr primäre Leiden im Auge haben und die secundären Affectionen, z. B. bei pyaemischen Processen wenig oder gar nicht berücksichtigen.

Microscopisch finden wir im Urin von lebenden Neugebornen, der regelmässig, wie oben angegeben wurde, aufgefangen worden ist, Epithelien in Menge, die der Blase, der Urethra, den Nierenbecken und Ureteren entstammen, seltener kleine granulirte, vielleicht den Nierencanälchen angehörige Zellen, Harnsäure, in Tafeln von rhombischem Habitus in Gestalt von 6seitigen Prismen, Wetzsteinform u. s. w. und harnsaure Salze, die sich zum Theil amorph als saures harnsaures Natron oder in kugligen, igelförmigen Massen als saures harnsaures Ammoniak vorfinden, endlich Harnsäureinfarcte, über die weitere Angaben unten aufgeführt sind. Endlich sehen wir im Urin Pigment, welches oft Zellen vollkommen homogen gelb färbt, und was uns besonders interessirt, Cylinder, die zu irgend einer Zeit während der ersten Lebenstage in beinahe der Hälfte (ja noch mehr) der zur Untersuchung gekommenen Kinder vorhanden waren. Von 24 Kindern fanden sich bei 14 Kindern Cylinder, 10mal am dritten und vierten Tage, 2mal am ersten, 2mal am 5. und 6. Tage, manchmal einige Tage hintereinander, einmal in geringer, ein andermal in sehr reichlicher Menge. Die Cylinder sind meist hyalin, seltener leicht granulirt oder mit hellglänzenden Tröpfchen bedeckt, so dass sie ihre Durchsichtigkeit bei durchfallendem Licht fast verlieren und wie bestäubt aussehen. Ihre Grösse schwankt wie ihre Dicke, so dass einzelne oft die drei- bis vierfache Dimension der anderen zeigen. Hin und wieder findet man den Cylindern kernartige Bildungen aufgelagert oder selbst feine, zarte, wie veränderte Epithelien er-

scheinende Zellen mit Kernen, und Epitheliencylinder, die stark verfettete
und vergrössert erscheinende Zellen tragen. Daneben kamen oft unförm-
liche hyaline Massen mit Zellen vor (wie sie bei Erwachsenen in Nephritis
ebenfalls sich finden), und die sich durch Kalilauge auflösen, und scheinbar
dieselbe Zusammensetzung, wie die Cylinder selbst haben.

An die auf Seite 308 näher angeführten Fälle wollen wir hier an dieser
Stelle noch 2 anreihen, welche 2 Kinder: Thicko, einen Knaben von 2990 Grm.
und Schwülb, einen Knaben von 2020 Grm. betreffen. Bei ersterem, auf den wir
bei der Besprechung des Harnsäureinfarcts zurückkommen, fanden sich mit
den Harnsäureinfarcten grössere und kleinere Theile von Harncanälchen ausgestossen, daneben zahlreiche hyaline Cylinder, zum Theil mit starkglän-
zenden Tröpfchen besetzt. Dieselben waren im ersten und zweiten Urin
des ersten Tages, verschwanden am zweiten Tage, um am dritten Tage in
erhöhtem Maasse wieder aufzutreten und dann bis zum sechsten Tage allmälig wieder abzunehmen. Bei dem zweiten Knaben traten die Cylinder
hyaliner Natur und zum Theil aus Zellen bestehend gegen die Harnsäureinfarct tragenden Gebilde überwiegend am dritten Tage auf, um dann bald
wieder zu verschwinden. In dem Urin selbst fanden sich viele Harncanälchen-
epithelien und waren dieselben zum Theil stark orangegelb pigmentirt. Auch
die den Cylindern angehörigen Zellen zeigten häufig dieselbe Färbung.
Aehnlichen Befund notirten wir noch bei anderen, von denen Feist (s. u.)
noch speciell angeführt werden wird.

Wie haben wir diese Befunde zu erklären? — Wir
haben also Epithelien, Cylinder, hyaline und epitheliale gefunden, meist
Eiweiss, in Begleitung von jenen Cylindern. Dass selbst Cylinder bei sehr
geringem Eiweissgehalt vorhanden sind, ist ja nicht auffallend, da dieselben
oft erst nach länger vorangehendem Eiweissgehalt aufzutreten pflegen[1]).
Wir sahen bei dem ersten Knaben im ersten Urin Cylinder, welche verschwanden und nach kurzer Zeit wieder in erhöhter Menge auftraten.

Wir haben hier nicht allein Zeichen einer einfachen Stauung, wir haben
nicht allein catarrhalische Zustände vor uns, sondern sehen Producte entzündlicher Processe. Die oft bei Erkrankung der Mutter zur Miterkrankung disponirten Nieren haben ausser diesen intrauterinen entzündlichen Vorgängen gleich nach der Geburt, gewöhnlich am dritten und
vierten Tage, seltener früher oder später, eine zweite Attaque auszuhalten.
die durch den Harnsäureinfarct hervorgerufen wird, indem die dadurch
entstehenden Urinstauungen namentlich die Corticalis in grössere Mitleiden-
schaft ziehen. Es handelt sich dabei jedenfalls um primäre Erkrankungen
der Nieren im weiteren Sinne des Wortes, welche durch entfernter liegende
Ursachen, z. B. Erkältung, Diätfehler u. s. w. eine noch grössere Bedeutung
für das Kind erhalten können.

Diese Störungen im Bereiche der uropoëtischen Organe gehen bei Neu-

---

[1]) Senator a. a. O. S. 494 ff.

gebornen im Allgemeinen günstig vorüber; die Kinder werden freilich für
einige Zeit schlafsüchtig, doch geht bei den meisten unter zunehmenden
Urinausscheidung der Process in Heilung über. Nur ein Kind, F e i s t, starb
am dritten Tage, nachdem die Temperatur bis auf 39,8 ° gestiegen war.
Dasselbe, 2550 Gramm schwer, zeigte vom ersten Tage an im Urin ausser-
ordentlich viel Niederschläge von harnsauren Salzen. Im Urin fand sich
bei der Autopsie Harnsäureinfarct, Epithelien, die bräunlich ja schwärzlich
pigmentirt besonders dunkle Kerne zeigten, und cylindrische aus Epithelien
bestehende (letztere zum Theil gelb gefärbt) Schläuche, die völlig aus-
gestossenen Harncanälchen entsprachen und die oft in directem Zusammenhang mit Harnsäureinfarct gefunden wurden. — Die Nieren zeigten starke
Trübung der Corticalis, die Marksubstanz dunkelbläulich gefärbt. In den
Tubulis contortis fanden sich Pigmentmassen (Pigment-Infarct) neben Trübung der Epithelien; die Trübung und Schwellung des Zelleninhaltes war an
einigen Stellen so stark, dass sich die Kerne dem Auge des Untersuchers
entzogen. Das Protoplasma enthielt ausserdem viele stark lichtbrechende
Tröpfchen (Fett). Auch die Epithelien der Tubuli recti boten starke Verän-
derungen dar. Neben stärker afficirten fanden sich weniger erkrankte Theile.
In der Leber erschien neben Fett viel Pigment, interstitielle Wucherung,
Trübung des Zelleninhaltes; die Nieren zeigten starke Harnsäureinfarcte.

Wir können somit namentlich den Andeutungen von P a r r o t, C h a r-
c e l a y u. A. nur beistimmen, wenn sie einen Theil der Krämpfe bei Kindern
auf uraemische Ursachen zurückzuführen versuchen. Wir glauben wenigstens,
dass nach unseren Befunden diese Erklärungsweise viel für sich hat, wenn
auch die Störungen nach unsern Erfahrungen in der Regel glücklich vor-
übergehen. Es gibt wohl kaum grössere und bedeutungsvollere Revolutionen
dem menschlichen Organismus, die zudem so plötzlich auftreten, als wie
die in den ersten Tagen nach der Geburt.

Im Anschluss hieran weisen wir auf V i r c h o w[1]) hin, der auf die
Therapie bei der wichtigen und nothwendigen und so grosse Störungen
verursachende Ausscheidung des Harnsäureinfarctes aufmerksam macht. Wir
sahen oben, in welche Gefahren, die uns die microscopische Untersuchung
zeigte, die Neugebornen gerathen: man könnte darnach sich versucht fühlen, eine alkalische Constitution des Harns herzustellen, um den Harnsäureninfarct schon innerhalb der Harnkanälchen zu lösen, um die durch mechanische Beseitigung entstehenden Laesionen und die auftretenden entzündlichen Reizungen der Nieren zu umgehen. Auch scheint uns nach diesen
Befunden der häufig verpönte und ebenso häufig durch die Hebeammen ange-
wandte Gebrauch von Thee etc. zur Anregung der Diurese recht praktisch zu
sein, zumal in den ersten Tagen von Seiten der Mutter durch die geringe
Milchmenge in dieser Richtung wenig gethan wird.

---

[1]) Ges. Abh. S. 836; vergl. ferner: Hemmnisse in der Harnentleerung von
Englisch (Jahrb. f. Kdrhkd. 1874. VIII. 1.)

III. Kapitel.
Der Harnsäureinfarct.

Die Harnsäure wird intra- und extra-uterum ausgeschieden, wie chemische Untersuchungen schon vor einer Reihe von Jahren festgestellt haben [1] Virchow fand selbst, diesen Befund bestätigend, kleine röthliche Sedimente aus harnsaurem Ammoniak bei Kindern, die todtgeboren wurden (S. 847 ff ferner: Gusserow, a. a. O. S. 245. 246). Wir fanden im ersten Urin unter 24 Fällen 10mal harnsaure Salze und harnsaure Crystalle spontan ausgeschieden. — Ueber die Zeit der Entstehung und Ausscheidung des Harnsäureinfarcts herrschen weit auseinander gehende Ansichten: die Ausscheidung soll vom 2. Tag an beginnen und bis zum 19. Tag statt haben (Schlossberger); Beobachtungen [2], wie sie auch von Virchow als allgemein gültig citirt werden (Ges. Abh. 836. 837). Auf diese an bestimmte Zeit scheinbar gebundene Ausscheidung und besonders, dass nach Virchow noch nie der Infarct sicher nachgewiesen worden bei völlig luftleerer Lunge, knüpft sich die forensische Bedeutung, auf die Virchow besonders aufmerksam machte. — Doch auch schon vor dem 2. Tag wird der Harnsäure infarct beobachtet, ja selbst intrauterin soll derselbe in sehr seltnen Fällen gebildet werden, und zwar als Product mangelhafter Oxydation bei Kindern denen der Sauerstoffzufuhr durch aufgehobene Placentarrespiration abge schnitten ist. So sind auch nach Gerhardt [3] Fälle, wie der von Hoogewee beschriebene zu erklären, welcher bei einem $3^3/_4$ Stunde ante partum ab gestorbenem Kinde den Infarct fand: eine Erklärung, die über die seltnen Befunde des Infarctes bei todtgebornen Kindern nicht genügenden Aufschluss giebt. Ueber das Vorkommen des Harnsäureninfarctes vor dem 2. Tag finden sich viel Angaben in der Literatur, wie z. B. bei Hecker-Buhl (§. 268) ein Fall, wo nach 17 Stunden des Lebens Infarct vorhanden war. Nichtsdestoweniger bleibt, abgesehen von den Verwechslungen mit Pigment infarct, bis jetzt die forensische Bedeutung des Harnsäureinfarct bestehen wenn auch die Ausscheidung oft schon vor dem 2. Tage auftritt. —

Nach unseren Erfahrungen können wir sagen, dass unter 25 und grade vorliegenden Fällen, in denen Harnsäureinfarcte sich fanden derselbe 5mal vor dem Ende des 1. Tages, 7mal vor dem des 2. Tages entdeckt wurde.

Unter den Fällen, die vor Ende des 1. Tages Harnsäureinfarct dar boten, waren 2 bei todtgebornen Kindern verzeichnet; in einem dieser wichtigen Fälle waren die Lungen atelectatisch. Hier waren kurz vor der Geburt des in II. Schädellage sich präsentirenden Kopfes die Herztöne deut

---

[1] vergl. Virchow, Ges. Abh. S. 845 ff.
[2] Gerhardt a. a. O. S. 479; Hecker-Buhl a. a. O. S. 335.
[3] a. a. O. S. 480.

lich zu vernehmen und nach dem Austritt bei pulsirendem Herzen ver-
gebens künstliche Respirationsversuche gemacht worden. Der 4080 Grm.
schwere Knabe zeigte Ecchymosen und Extravasate an verschiedenen Stellen,
völlig atelectatische Lungen, die auf Druck Meconium und Vernix caseosa-
haltigen Schleim entleerten. — Im zweiten Fall wurde durch die Zange ein
tief asphyctischer Knabe geboren; es gelang nicht, denselben zu beleben.
Bei der Section wurden die Lungen zum grössten Theil atelectatisch gefunden;
einzelne Parthien waren lufthaltig; ein Phänomen, das nicht durch active,
sondern durch die künstliche Respiration hervorgerufen worden war. —

Betrachten wir kurz die Art der Ausscheidung des Harnsäureinfarctes.

Der Harnsäureninfarct bietet die längst vortrefflich beschriebenen Zeich-
nungen in den Papillen der Nieren. Die Harnkanälchen werden von den
Harnsäuremassen ausgefüllt, die sich gleichsam zwischen die Epithelien
einzwängen, so dass dieselben mehr zum Infarct zu gehören.scheinen, als
umgekehrt. Die Urinsecretion geräth durch den Infarct in's Stocken, die
Corticalis wird Sitz einer starken Hyperämie und Schwellung, und durch
den immer stärker werdenden Druck des sich stauenden Urins wird allmälig
der Infarct ausgeschwemmt. Für diesen mechanischen Modus spricht sich
u. A. Cless[1] jun. aus und besonders Virchow in seinem Aufsatz über
den Harnsäureinfarct. Obgleich letzterer auf diese Verhältnisse sein Augen-
merk richtete, ist es ihm, wie auch seinem damaligen Assistenten Grohe
nicht gelungen, den Nachweis dafür direct zu führen[2]. Indess scheint mir
schon, sagt Virchow, durch den von mir geführten Nachweis der stäbchen-
förmigen Körper im Harn der Blase die Frage der Ausstossung positiv be-
antwortet zu sein: es wäre immerhin möglich, dass beim weiteren Durch-
gang durch die Harnröhre die Stäbchen häufig zertrümmern, so dass sie
im gelassenen Harn oder in den Windeln nicht mehr zu erkennen sind
(S. 850 ff.). — In der Weise, wie wir den Urin der Neugebornen auffingen,
ist es uns gelungen in einigen Fällen bei lebenden Kindern den Nachweis
für Virchow's Ansicht zu finden.

In dem Urin eines Knaben fanden sich neben Harnsäureinfarct ge-
wöhnlichen Aussehens und neben hyalinen Cylindern, deren häufige Coïncidenz
mit Harnsäureinfarct schon oben erwähnt wurde, vielfach lange cylindrische
Gebilde, deren Centrum der Harnsäureinfarct ausmachte, undurchsichtig,
umgeben von durchscheinendem hie und da gelbgefärbtem Epithel und dieser
Epithellage anhaftend zeigten sich längere und kürzere Bindegewebskörperchen, dem Stroma der Niere angehörig.

Einen ebenfalls sehr charakteristischen Befund bot der Urin des am
3. Tage gestorbenen Knaben Feist (s. o.).

Ausser Plattenepithelien, die häufig wie durch Silbernitrat schwärzlich-
bräunlich gefärbt waren, zeigten sich neben Harnsäureinfarcten grössere

---

[1] Würtemb. Corresp.-Blatt Bd. XI. Nr. 15.   [2] a. a. O. S. 858.

Strecken von Nierenkanälchen mit zum Theil gelbgefärbten Zellen, an deren Oberfläche selbst hie und da Bindegewebskörperchen anhafteten. Die oft sehr langen, durch das ganze Gesichtsfeld von Hartnak Obj. 7. Oc. 2 gehenden Harncanälchenparthien, waren ohne Harnsäureinfarct oder oft sass an einem Ende im Centrum des mehr angeschwollenen Harnkanälchens der Harnsäure-infarct (Taf. IV. Fig. 9. 13.). Bei der Section fanden sich die Nieren in der oben beschriebenen Weise verändert.

Wir glauben durch diese Untersuchungen, die durch mehrfache Beobachtungen durchaus bestätigt wurden, den directen Nachweis für die mechanische Ausscheidung intra vitam geliefert zu haben. Der Infarct, der zur Urinanhäufung in den Harnkanälchen, zu Hyperämie, ja wie wir gesehen haben, selbst zu Entzündungen der Nieren Anlass giebt. reisst mechanisch, oft nur die Epithelien der Harnkanälchen los und erscheint dann mehr weniger isolirt im Urin: aber auch selbst ganze Strecken der Harncanälchen werden mit einem Theil des umgebenden Bindegewebes losgerissen und in die Urinwege getrieben, wie obige Befunde lehren.

Es entstehen somit mehr weniger erhebliche Läsionen des Nierenparenchyms, die bei grösserer Ausdehnung dieses Vorgangs dem gesammten Organismus nachtheilig zu werden drohen, da Theile der Harnkanälchen für immer zu Grunde gehen.

Wir haben somit bei Neugebornen Hyperämie und Catarrh, ja auch Entzündung der Nieren gefunden; wir haben einige Tage nach der Geburt mit der Ausstossung des Harnsäureinfarctes eine zweite Steigerung der überhaupt schon zur Erkrankung disponirten Nieren auftreten gesehen und haben endlich Befunde beschrieben, die den directen Ausscheidungsmodus der Harnsäureinfarcte intra vitam beweisen. Wir können auch nach dieser Beobachtung nur dringend auf die oben gemachten Andeutungen einer Therapie bei Neugebornen in den ersten Tagen hinweisen, um die Gefahren, denen die Neugebornen ausgesetzt sind, zu mildern.

Erklärung der Figuren auf Tafel II.

Fig. 1. 2. 3. Kind B. (S. 309); hyaline und epitheliale Cylinder im ersten bald nach der Geburt durch Catheterismus gewonnenen Urin.

Fig. 4. 5. Cylinder im spontan entleerten dritten Urin eines Knaben.

Fig. 6. Hyaline den Cylindern in der Zusammensetzung ähnliche Klumpen.

Fig. 7. 8. Theile von Harnkanälchen, in 8 liegt der Harnsäureinfarct, die Epithelien fast sämmtlich losgerissen. (Thiko.)

Fig. 9. 13. (Feist.) Grosse Strecken von mit Harnsäureinfarcten versehenen Harnkanälchen.

Fig. 10. (Schvilb). Stück eines Harnkanälchen mit zum Theil orangegelb gefärbten Zellen am 3. Tag.

Fig. 11. 12. Urin eines todtgeborenen Kindes einer eclamptischen Mutter. In 11 zeigen die Epithelien der Harnkanälchen keine besondere, in 12 starke Veränderungen.